KB113079

파우스트 1

Faust

세계문학전집 21

파우스트 1

Faust

요한 볼프강 폰 괴테

정서웅 옮김

민음사

차례

헌사[1]

너희들 다시금 다가오는구나, 아롱대는 자태들아
일찍이 내 흐릿한 눈앞에 나타났던 너희들,
이번엔 어디 단단히 붙잡도록 해볼까?
내 마음 아직도 그 환상[2]에 집착하고 있는 것일까?
너희들 마구 내달려오는구나! 그럼 좋다, 마음대로 하렴.   5
운무를 헤치고 나와 내 주위를 에워쌀 때,
너희 무리가 피워내는 마법의 입김으로 해서
나의 가슴, 젊음의 감동으로 떨린다.

---

1) Zueignung. 1797년 6월 24일 집필된 것으로 추정되는 8행의 스탠자
(Stanze)로 작품 전체의 서곡(序曲)과 같은 역할을 한다.
2) 젊은 시절에 파우스트 전설을 작품화하려던 대담한 착상.

너희와 더불어 기뻤던 날들의 영상이 되살아나니,
사랑스러운 모습들 무수히 떠오르고,   10
반쯤 잊힌 옛이야기처럼
첫사랑과 우정의 기억이 새삼 새로워지는구나.
다시 아파오는 마음으로 탄식 속에서
미궁 같은 삶의 미로를 더듬으며,
행복을 바라며 아름다운 시절을 보내다가   15
나보다 먼저 사라져간, 저 선량한 이들을 불러본다.

내 첫 노래를 경청했던 친구들,
그들은 다음 노래를 듣지 못하누나.
그 정다웠던 모임 흩어져버리고,
오오, 그 첫번째 메아리도 간곳없어라.   20
나의 노래, 낯선 무리 속에서 울려퍼지니
그들의 갈채조차 내 마음을 무겁게 하는구나.
일찍이 내 노래 듣고 즐거워했던 친구들
아직 살아 있다 해도, 온 세상에 흩어져 방황하고 있겠지.

저 고요하고 엄숙한 정령의 나라에 대한 그리움   25
내 잊은 지 오래더니, 다시금 날 사로잡는구나.
나의 노래, 아이올로스3)의 현금처럼 속삭이며,
이제 어렴풋한 음조를 띠고 울려퍼진다.

---

3) Aiolos. 그리스신화에 나오는 바람의 신.

전율이 온몸을 휩싸고 눈물이 방울방울 솟구치니
굳었던 마음, 온화하고 부드러워지면서   30
지니고 있는 것, 아득히 멀게 느껴지고,
사라졌던 모습들, 다시 현실로 나타나는구나.

헌사

무대에서의 서연(序演)

단장, 전속 시인, 어릿광대

단장 자네들 두 사람은 그렇게 여러 번
　　　힘들고 어려울 때 날 도와주었으니,
　　　우리의 이 공연이 독일 땅에서　　　　　　　　35
　　　어떤 기대를 걸 수 있을지 말해주겠나?
　　　내 소망은 많은 관객을 아주 즐겁게 해주
　　　　는 거야.
　　　그들은 특히 인생을 배우고, 그걸 남에게
　　　　도 보이려고 하니까.
　　　기둥이 세워지고 마루도 깔았으니
　　　이젠 모두들 축제가 벌어지길 바랄 뿐일세.　　40

벌써 자리에 앉아 눈썹을 치켜세우고,
놀라운 일이 일어나기만 침착하게 기다리
　　고 있다네.
관객의 마음을 주무르는 방법쯤은 알고 있
　　지만,
내 일찍이 이토록 당황한 적도 없구먼.
물론 그들이 최상의 걸작품에 익숙한 건
　　아니지만,　　　　　　　　　　　45
놀랄 만큼 많은 책을 읽은 건 사실이거든.
어찌하면 모든 게 산뜻하고 새로워지고
의미심장하게 저들의 마음을 사로잡을까?
물론, 몰려드는 군중을 보고 싶단 말일세.
인파가 물밀듯이 우리 가설극장으로 몰려와　50
온갖 애를 다 써가면서
이 좁은 은총의 문을 들어서겠다고
밝은 대낮 네시도 채 되기 전에[1]
밀고 밀리면서 매표구로 달려들어
마치 기근 때 빵가게 앞에서 소동이 벌어
　　지듯　　　　　　　　　　　　　55
입장권 한 장 때문에 머리 터지게 싸운다
　　면 얼마나 좋겠나.
여러 사람들에게 이런 기적을 행할 자

---

1) 당시 바이마르에서는 연극이 오후 다섯시 반 내지 여섯시에 시작되었다.

오직 시인뿐이니, 이 친구야, 오늘 그 솜씨
한번 발휘하게나.

시인 오, 제발 그 어중이떠중이에 대한 애길랑
그만두십시오.

그들을 보기만 해도 얼이 빠질 지경입니다. 60

꼼짝없이 소용돌이 속으로 끌어들이는

저 광란의 무리가 보이지 않게 가려주십
시오.

아니, 차라리 절 고요한 천상의 한구석에
라도 데려다주세요.

거기서만 시인에겐 순수한 기쁨이 피어나고,

거기서만 사랑과 우정이 신성한 손길로 65

우리 마음에 축복을 가꾸어 심어줄 것입
니다.

아, 마음 깊은 곳에서 샘솟아 나온 것,

때로는 실패하고 때로는 성공하면서

우리 입술이 수줍은 듯 웅얼웅얼 노래한 것,

난폭한 순간의 힘은 이것들을 삼켜버리기
도 하지만 70

종종 여러 해의 각고면려 후에야

완성된 모습으로 나타나기도 합니다.

찬란하게 빛나는 건 순간을 위해 생겨난
것이지만,

참된 건 후세까지 사라지지 않고 남는 법

이랍니다.

어릿광대 난 그 후세란 얘기 좀 듣지 않았으면 해요.   75

내가 훗날의 얘기나 한다고 생각해 봐요.

도대체 누가 세상 사람들을 즐겁게 해준단

말인가요?

사람들은 그걸 원하고, 또 그것은 반드시

필요한 것이지요.

쓸 만한 젊은이가 하나 있다는 건

그것만으로도 대견한 일이라 생각됩니다.   80

유쾌한 기분을 불러낼 줄 아는 자는

군중의 기분 따위에 신경을 쓰지 않지요.

바라는 건 떼지어 몰려드는 관객뿐이에요.

그래야 더욱 신명나게 흥을 돋울 수 있으

니까요.

그러니 당신도 멋들어진 걸작을 하나 내보

이세요.   85

환상에다 온갖 풍류를 다 곁들여봐요.

이성, 오성, 감성, 정열 뭐든지 다 좋지요.

하지만 명심하세요, 익살을 빠뜨려선 안

된다는 사실을!

단장 그러나 무엇보다 사건이 풍성해야지!

사람들은 구경하러 오는 것이고, 무엇보다

그걸 좋아하니까.   90

볼거리가 잔뜩 눈앞에 전개되면

관중들은 입을 딱 벌리고`찬탄할 게고,

당장 자네의 명성이 널리 퍼져서

틀림없는 인기작가가 될 걸세.

대중을 상대할 땐 수량 공세를 펴는 수밖
　에 없어.　　　　　　　　　　　　　95

그래야 제각기 무언가를 얻어갈 수가 있지.

많이 늘어놓아야 많은 사람들에게 소득이
　돌아갈 게고

각자 흡족한 마음으로 극장 문을 나설 것
　이네.

작품 하날 공연하더라도, 여러 조각으로
　나누어 내놓게나.

그 정도 잡탕밥쯤 능히 만들어낼 수 있겠지?　100

공연하기 쉬운 건 생각을 짜내기도 쉬울
　거야.

설사 완벽한 작품을 내놓은들 무슨 소용
　이 있겠나?

관객은 그걸 조각조각 뜯어가고 말 것인즉.

시인　그런 손재주가 얼마나 나쁜 건지 당신은
　느끼질 못하는군요.

진정한 예술가에겐 당치도 않은 일이지요.　105

사이비 작가들의 너절한 작품이

어느새 당신 극단의 상투수단이 된 모양이
　군요.

단장 그따위 비난쯤 난 개의치 않네.

진짜로 영향력을 발휘해 볼 양이면

최상의 도구를 사용해야 되거든.　　　　　　　　110

생각해 보게, 자넨 연한 나무를 쪼개야 하
　는 거야.

누굴 위해 쓰는 건지 살펴보게나.

따분해서 찾아오는 자,

배 터지게 먹은 후 포만감을 달래러 오는 자,

가장 지독하기론　　　　　　　　　　　　115

신문 읽다가 재미없어 달려오는 자.

이들은 가장무도회라도 가듯 들떠서 여길
　찾아오는 것이니,

그야말로 호기심에 이끌린 발걸음이랄밖에.

여인네들은 화려한 몸단장으로 자신을 과
　시하며

보수도 안 받고 우리 공연에 일조해 준다네.　120

시인이라는 자네, 잔뜩 고자세를 취하며
　무얼 꿈꾸는 건가?

극장이 가득 차면 좋아하는 이유가 뭔가?

가까이 다가가 고객들을 유심히 살펴보게나.

절반은 냉담하고 절반은 촌스럽다네.

공연이 끝나면 카드놀이를 벌이거나　　　　125

창녀의 품에서 질탕한 밤을 보내려는 자들
　로 득시글거리지.

너희 가련한 바보인 시인들은 무슨 목적
  으로
고귀한 뮤즈 신을 괴롭힌단 말인가?
일러두네만, 그저 많이, 점점 더 많이 내놓
  기만 하라고.
그러면 우리의 목표에서 크게 빗나가지 않
  을 거야.   130
그저 사람들을 어리둥절하게만 만들라고.
어쨌든 그들을 만족시키기란 어려운 일이
  니…….
아니, 왜 그러나? 감동을 한 건가? 아니면
  고통을 느끼는 건가?

시인 나가서 다른 종놈을 하나 구해보시오.
명색이 시인이라면, 자연이 베풀어준 지고
  한 권리,   135
즉 인간의 권리를
당신의 장사를 위해 지각없이 희롱할 수가
  있겠소?
시인은 부엇으로 만인의 심금을 울리는 걸
  까요?
무엇으로 모든 원소를 이겨낼 수 있을까요?
그것은, 가슴속에서 솟아나와   140
온 세계를 다시 가슴속으로 이끌어들이는
  조화의 힘이 아닐까요?

저 자연이 끝없이 긴 실오라기를

무심히 물레에 감아 돌릴 때,

모든 존재의 조화롭지 못한 무리들이

중구난방 역겨운 소리를 낼 때,   145

누가 이 단조롭게 흘러가는 대열에

생명을 불어넣어, 운율을 띠고 약동하게

   만들겠어요?

누가 개개의 것을 골고루 성스럽게 하여

아름다운 화음을 이루게 하겠어요?

누가 폭풍우를 미친 듯한 열정으로 만들

   것이며,   150

저녁노을이 의미 깊게 타오르도록 하겠어요?

누가 사랑하는 사람이 가는 길에

아름다운 봄꽃을 뿌려줄 것이며,

누가 이름 모를 잎새들을 엮어

온갖 공적을 기리는 영예의 관을 만들겠

   어요?   155

누가 올림포스산을 보전하고, 누가 제신들

   을 화합케 하겠어요?

그것은, 시인 속에 현현되는 인간의 힘일

   뿐이지요.

어릿광대 그렇다면 그 훌륭한 힘을 사용해,

시(詩) 장사를 한번 해보시지요.

마치 사람들이 사랑의 모험에 몰두하듯

말이에요.   ¹⁶⁰

우연히 가까워져 의기투합해 머물다가

점점 깊어져 인연의 굴레 속에 얽혀드는

　거지요.

하지만, 행복해지는가 싶더니 싸움질이요,

깨가 쏟아지는가 싶더니 고통의 연속이라,

눈 깜짝할 사이에 소설 한 권 엮어내는 겁

　니다.   ¹⁶⁵

우리도 이런 연극 하나 해봅시다.

풍성한 인간의 삶 속에 손을 뻗기만 하자

　고요.

각자 체험을 하면서도 의식하는 사람은 많

　지 않으니

그걸 붙잡아내기만 해도 흥미로운 것이 되

　겠지요.

잡다한 형상 속에 약간의 명징함을,   ¹⁷⁰

수많은 오류 속에 진리의 불꽃 한 점 흘려

　넣으면

그것으로 최상의 술을 빚어낸 셈이니

온 세상은 생기를 띠고 소생하게 될 것이

　외다.

그러면 꽃다운 젊은이들이 모여들어

당신의 연극을 보며 그 계시에 귀를 기울

　일 것입니다.   ¹⁷⁵

정감에 넘치는 사람들은 당신의 작품에서
감상의 자양분을 빨아들일 것이요,
때로는 이것, 때로는 저것에 감동되어
각자 마음속에 간직한 무언가를 보게 될
  것입니다.
그들은 당장 울고 웃을 준비가 되어 있으며,   180
비약을 좋아하고, 가상의 세계를 즐기지요.
완성된 사람에겐 그 어느 것도 만족스럽지
  못하지만
성숙돼 가는 사람들은 언제나 감사하는
  마음으로 받아들일 것입니다.

시인 그렇다면 내게도, 나 자신 아직 미완성이던
그 시절을 되돌려주오.   185
노래의 샘물이
끊임없이 용솟음쳐 오르던 그 시절,
안개가 온 세상을 가리고
꽃봉오리가 아직도 기적을 약속해 주던
  시절,
골짜기마다 가득 메웠던   190
온갖 꽃들을 꺾었던 그 시절 말이오.
가진 것 없어도 마음은 흡족했으니,
진리에의 충동과 환상에의 기쁨이 있었기
  때문이었소.
아무런 구애도 받지 않던 충동,

그 깊고도 괴로움에 찬 행복,   195

미움의 힘, 사랑의 위력,

나의 젊은 날을 되돌려주오!

어릿광대 이봐요, 당신이 젊음을 필요로 할 때란 기
    껏해야

싸움터에서 적군이 밀려올 때라든지,

사랑스러운 아가씨들이 힘껏   200

당신의 목에 매달릴 때라든지,

달리기 경주에서

승리의 월계관이 도달하기 어려운 결승점
    에서 손짓할 때라든지,

아니면 미친 듯 격렬한 춤을 추고 난 후,

밤을 지새우며 술잔치를 벌였을 때일 거
    외다.   205

하지만 대담하고도 우아하게

익숙한 솜씨로 악기를 연주하며

자신이 설정한 목표를 향해

기분 좋게 방황하는 것이

노숙한 이들, 당신들의 의무이기도 하지요.   210

그렇다고 당신들을 덜 존경하는 건 아닙
    니다.

흔히 말하듯 늙으면 어린이가 되는 게 아
    니라

아직도 진정 어린이처럼 지낸다는 것뿐입

니다.

단장 말은 충분히 교환했으니
          이제 그만 행동으로 보여주게나.   215
          자네들이 입발린 치사를 주고받는 동안
          무언가 유익한 일을 할 수도 있었을 거야.
          기분만 가지고 왈가왈부한들 무슨 소용이
            있겠나.
          망설이는 자에게는 기분도 일어나지 않을
            걸세.
          자네가 일단 시인을 자처하고 나선 마당
            이니   220
          그 시를 한번 호출해 보게나.
          우리가 필요로 하는 건 자네도 알다시피
          독한 술을 한번 마셔보자는 것일세.
          자, 서둘러 술을 빚어주게나!
          오늘 이루지 못하는 일이 내일엔들 성사되
            겠나.   225
          단 하루도 헛되이 보내지 말고
          가능성이 엿보이면 과감하게
          기회를 포착하도록 하자고.
          그러면 그것을 놓치지 않으려고
          계속해서 일을 밀고 나갈 테니까 말이야.   230

          자네들도 알다시피, 우리 독일 무대에서는

무대에서의 서연(序演)

누구나 원하는 일을 시도해 볼 수 있으니
오늘은 배경이건 소도구건
마음대로 사용해 보자고.
크고 작은 천상의 조명들을 모조리 동원
　　하고　　　　　　　　　　　　　　　　235
별들도 얼마든지 사용하게나.
물, 불, 암벽은 물론
동물과 새들도 빠져선 안 되네.
비록 비좁은 가설무대 안일망정
창조의 온 영역을 재현해 놓고　　　　　　240
알맞은 속도로 두루 거닐어보자고.
천국에서 현세를 거쳐 지옥에 이르기까지.

천상의 서곡[1]

주님, 천사의 무리, 후에 메피스토펠레스.

세 대천사, 앞으로 나선다.

라파엘   태양은 옛날과 다름없는 음조로

형제 별들과 노랫소리 겨루며

그에게 정해진 길을   245

우레 같은 걸음으로 내닫는다.

그를 보면 천사들은 힘을 얻나니

비록 오묘한 이치 터득할 자 없어도

---

1) 1800년경에 쓰였으며, 『구약성서』 가운데 「욥기」 1장 6-12절의 내용을
모티프로 했다.

그 불가해한 역사(役事)

천지창조의 그날처럼 장엄하여라.   250

가브리엘 또한 빠르게, 상상할 수 없이 빠르게

화려한 이 지구는 그 주위를 돌고 있다.

천국인 양 밝은 낮이

깊고 무시무시한 밤과 교차된다.

바다는 드넓은 조류를 이루며   255

깊은 암벽에 부딪쳐 솟구쳐 오르고,

바위도 바다도 영원히

빠른 천체의 운행 속에 휩쓸려드는구나.

미카엘 또한 폭풍우는 다투어서

바다에서 뭍으로, 뭍에서 바다로 휘몰아치며   260

광란하는 가운데 그 주변에

오묘한 인과의 사슬을 이루어낸다.

거기 뇌성벽력을 앞질러

파괴의 번갯불이 번쩍이기도 하지만,

주여, 당신의 사자들은   265

당신 날들의 온화한 변화를 찬미하옵니다.

셋이서 그 광경을 보면 천사들은 힘을 얻나니

당신의 깊은 뜻을 헤아릴 자 없어도

당신의 지고한 역사(役事)들은 모두

천지창조의 그날처럼 장엄합니다.   270

메피스토펠레스 아, 주인 양반, 당신이 또 한 번 가까이 오

시어

프란츠 짐,
천상에서 주님과 내기를 하는 악마 메피스토펠레스

우리들의 모든 일이 잘 되어가는지 물어주
　시고,
게다가 나 같은 놈도 만나주시는 덕분에
보시다시피 나 또한 하인배들 틈에 끼였소
　이다.
죄송하지만, 나는 고상한 말을 쓸 줄 모릅
　니다.　　　　　　　　　　　　　　　275
좌중의 여러분이 날 비웃어도 별수 없어요.
내가 점잖은 척해 봐야 웃음거리밖에 더
　되겠습니까?
당신이 웃음을 잊지 않았다면 말예요.
태양이니, 세계니 하는 것에 대해선 말할
　게 없소이다.
내 눈에 보이는 건 그저 인간들이 괴로워
　하는 모습뿐이에요.　　　　　　　　280
지상에서 작은 신을 자처하는 놈들은 언
　제나 판에 박은 듯
천지개벽하던 그날 모양 이상하기만 합디다.
차라리 하늘의 빛을 비춰주지 않았던들
그들은 좀 더 잘 살 수 있지 않았을까요?
그들은 그것을 이성(理性)이라고 부르면서　285
어떤 동물보다 더 동물적으로 사는 데 써
　먹고 있지요.
아뢰옵기 황송하지만,

인간들이란 다리 긴 메뚜기 모양

나는 듯하다가는 팔딱팔딱 뛰면서

늘 풀숲에 처박혀 케케묵은 옛 노래나 불
   러대는 족속이죠.   290

아니, 풀 속에나 박혀 있으면 오죽 좋으련만

거름 더미를 보기만 하면 그들의 코를 쑤
   셔박으니 원!

주님   내게 할 말이 그것뿐이란 말이냐?

너는 항상 불평만 늘어놓으러 오느냐?

지상의 일이 네겐 영원히 못마땅하다는
   게냐?   295

메피스토펠레스   물론이지요. 늘 그렇지만, 내 보기엔 아주
   지독한 곳입니다.

인간들의 비참한 꼬라지가 하도 딱해서

나 같은 악마도 그 가련한 놈들을 괴롭히
   고 싶지 않다니까요.

주님   자네 파우스트란 자를 아는가?

메피스토펠레스   그 박사 말인가요?

주님   나의 종이니라!

메피스토펠레스   옳거니! 그자는 독특한 방식으로 당신을
   섬기고 있지요.   300

그 바보가 마시고 먹는 것은 지상의 것이
   아닌가 봅니다.

속에서 부글대는 것이 그를 먼 곳으로 몰

아가고 있는데,

그자도 자신의 바보짓을 반쯤은 의식하는
　모양이에요.

하늘로부터는 가장 아름다운 별을 원하고,

지상에서는 최상의 쾌락을 모조리 맛보겠
　다는 기세지만,　　　　　　　　　　305

가까운 것이나 먼 것이나 모두

그의 들끓는 마음을 충족시키진 못하지요.

　주님　그가 지금은 비록 혼미한 가운데 날 섬기
　　고 있지만

내 멀지 않아 그를 밝은 곳으로 인도할 것
　이니라.

정원사도 나무가 푸르러지면,　　　　　310

꽃이 피고 열매가 열릴 것임을 알게 되는 법.

메피스토펠레스　내기를 할까요? 당신은 결국 그자를 잃고
　　말 겁니다.

허락만 해주신다면

녀석을 슬쩍 나의 길로 끌어내리리이다.

　주님　그가 지상에 살고 있는 동안에는　　315

네가 무슨 유혹을 하든 말리지 않겠다.

인간은 노력하는 한 방황하는 법이니까.

메피스토펠레스　고맙습니다. 사실 난

죽은 놈들과 상대하는 걸 좋아하지 않습
　니다.

통통하고 싱싱한 뺨을 가진 놈을 가장 좋
  아하지요.   320
송장이 찾아올라치면 난 집에 없는 척하
  지요.
고양이가 죽은 쥐를 싫어하는 것처럼 말입
  니다.

주님   그러면 좋다. 네 재량에 맡기겠다.
그의 영혼을 그 근원으로부터 끌어내어,
만일 그것을 붙잡을 수 있다면,   325
어디 너의 길로 유혹하여 이끌어보려무나.
하지만 언젠가는 부끄러운 얼굴로 나타나
이렇게 고백하게 되리라.
착한 인간은 비록 어두운 충동 속에서도
무엇이 올바른 길인지 잘 알고 있더군요,
  라고.

메피스토펠레스   아무튼 좋습니다! 오래 걸리지 않을 것입
  니다.   330
내기에 대해선 전혀 걱정하지 않아요.
내 목적을 이루게 되거든
가슴이 터지도록 승리의 노래를 부르게 해
  주세요.
녀석은 먼지를 처먹게 될 것입니다, 그것도
  게걸스럽게.
우리 아주머니뻘 되는 저 유명한 뱀처럼

말입니다.   335

주님 네가 이긴 다음에라도 얼마든지 찾아오너라.
　·　나는 너희 같은 무리를 미워한 적이 없느니
　　부정(否定)을 일삼는 정령들 중에서도
　　너희 같은 익살꾼들은 조금도 짐스럽지 않
　　　구나.
　　인간의 활동력은 너무 쉽사리 느슨해져,   340
　　무조건 쉬기를 좋아하니,
　　나 그에게 적당한 친구를 붙여주고자 함
　　　이라.
　　그를 자극하고 일깨우도록 악마의 역할을
　　　다하거라―
　　그러나, 너희들 진정한 신의 아들들아,
　　생생하고 풍요로운 아름다움을 향유하도
　　　록 하여라!   345
　　영원히 살아서 작용하는 생성의 힘이
　　사랑의 울타리로 너희를 둘러싸리니,
　　아물대는 자태로 흐느적거리던 것을
　　영원히 지속되는 생각들로 굳건히 하라.

하늘이 닫히고, 대천사들 흩어진다.

메피스토펠레스 (혼자서) 때때로 나는 저 노인네를 만나는
　　게 즐거워.   350

그래서 사이가 나빠지지 않도록 조심을
　하지.
위대한 주님치곤 너무 인정이 많아.
나 같은 악마까지도 인간적으로 대해주니
　말이야.

비극
1부

밤

높은 아치형 천장의, 비좁은 고딕식 방.
파우스트, 불안하게 책상 앞 의자에 앉아 있다.

파우스트   아! 나는 철학도

법학도, 의학도,   355

심지어는 신학까지도

온갖 노력을 다 기울여 철저히 공부했다.

그러나, 지금 여기 서 있는 나는 가련한 바보.

전보다 똑똑해진 것은 하나도 없구나!

석사니 박사니 허울 좋은 이름만 들으며   360

그럭저럭 십 년이란 세월을

위로 아래로 이리저리

내 학생들의 코를 끌고 다녔을 뿐—
우리가 아는 게 아무것도 없다는 걸 깨닫
　고 보니
내 가슴은 거의 타버릴 것만 같다.　　　　　365
하기야 박사니 석사니 문필가니 목사니 하는
온갖 멍청이들보다는 현명한 편이지.
나는 회의나 의혹 따위로 괴로워하지 않고,
지옥이나 악마따위도 두려워하지 않으니
　까—
그 대신 모든 즐거움은 사라져버리고,　　　370
무언가 올바른 것을 알았다는 자부심도
　없으며,
인간을 선도하고 개선시키기 위해
그럴싸한 걸 가르칠 자신도 없구나.
그렇다고 재산과 돈이 있는 것도 아니고,
이 세상의 명예나 영화도 누리지 못하니　　375
개라도 더 이상 이 꼴로 살기는 원치 않으
　리라!
하여 나는 마법에 몰두했다.
정령의 힘과 말(言)을 빌려
많은 비법을 알 수 있지나 않을까 해서다.
그리되면 더 이상 비지땀 흘려가며　　　　380
나도 모르는 걸 지껄일 필요가 없을 것이요,
이 세계를 가장 내밀한 곳에서

요한 하인리히 립스,
서재에서 달빛을 바라보는 파우스트

통괄하는 힘을 알게 되고,
모든 작용력과 근원을 통찰함으로써
더 이상 말(言)의 소매상을 벌이지 않아도
  될 것이다.   385

오오, 너 온 누리에 가득 찬 달빛이여,
내 고통을 내려다보는 것도 마지막이었으
  면 싶구나.
얼마나 많은 밤 잠 못 이루며
이 책상 앞에서 널 지켜보았던가.
그때마다, 애수에 찬 벗이여,   390
넌 내 책들과 종이 너머로 나를 비춰주었지!
아아! 사랑스러운 네 빛을 받으며
높은 산 위를 거닐 수 있다면 오죽 좋으랴.
산속 동굴 앞에선 정령들과 노닐고,
어슴푸레한 네 빛을 안고 초원 위를 배회
  하며,   395
온갖 지식의 안개에서 벗어나
네 이슬을 맞으며 상쾌한 목욕을 할 수 있
  다면!

슬프다! 아직도 난 이 감옥에 처박혀 있단
  말인가?
이 저주받을 답답한 벽 속의 골방,

아우구스트 폰 크렐링,
.어둠침침한 골방 서재를 바라보는 파우스트

이곳엔 저 다정한 하늘의 빛까지도　　　　　400
채색된 창유리를 통해 침울하게 비쳐드는
　구나!
방이 비좁도록 들어찬 이 책 더미
좀이 슬고 먼지가 뒤덮인 채
높은 원형 천장까지 맞닿아 있다.
책 사이사이 빛바랜 종이들이 꽂혀 있고,　　405
사방엔 유리기구와 상자들이 널려 있다.
방 안 가득 들어찬 실험기구들,
그 사이에 선조 대대로 물려받은 가재도
　구들―
이것이 너의 세계이다! 이것도 세계라고
　할 수 있을까!

그런데도 아직 묻고 있단 말인가? 어찌하
　여 너의 가슴이　　　　　　　　　410
이다지도 불안하게 두근거리는가를?
어찌하여 형언할 수 없는 고통이
너의 모든 삶의 충동을 억제하는가를?
신은 인간을 생동하는 자연 속에
창조해 넣어주었는데,　　　　　　　415
연기와 곰팡이 내음 속에서 널 에워싸고
　있는 것은
동물의 해골과 죽은 자의 뼈다귀뿐이더냐.

프란츠 슈타센,
서재에서 고뇌하고 있는 파우스트

도망치자! 일어나자! 저 바깥 넓은 세계로
　나가자!
신비에 가득 찬 이 책,
노스트라다무스[1]가 친히 집필한 이 책 한
　권이면   420
나의 동반자로서 충분하지 않을까?
그러면 별들의 운행을 알 것이고,
자연이 날 가르쳐준다면
내 영혼의 힘이 깨어나
정령과 정령이 어떻게 대화하는가를 알게
　되리라.   425
그러나, 메마른 사고방식으로
이 성스러운 비유를 해명하려는 건 헛된
　일이다.
너희 정령들아, 내 곁을 떠돌고 있구나.
내 말이 들리거든 대답해 보려무나!

　책을 펼치고, 대우주[2]의 부적을 들여다본다.

---

1) 노스트라다무스(Nostradamus, 1503~1566). 본명은 미셸 드노스트르담
(Michel de Nostredame)이며 노스트라다무스는 라틴어 이름으로, '성모의
대변자'라는 뜻이다. 프랑스의 점성술사이자 의사로 그가 1555년에 쓴 예언
서는 아직도 온 세계의 화제가 되고 있다.
2) 소우주(Mikrokosmos)와 대비되는 말. 대우주(Makrokosmos)는 자연, 즉
삼라만상을, 소우주는 인간을 가리킨다.

아하! 이것을 보노라니 갑자기 벅찬 기쁨이   430
내 온몸에 흘러넘치누나!
젊고도 성스러운 삶에의 행복감이
새삼 불타오르며 내 신경과 핏줄을 통해
　흘러드누나.
이 부적을 쓴 자는 신이 아니었을까?
이것은 내 마음속의 광란을 잠재워 주고,   435
빈약한 마음을 기쁨으로 채워주며,
신비에 가득 찬 충동으로
주위에 미만한 자연의 위력을 드러내 보여
　준다.
아니, 내가 신이 아닐까?[3] 내 눈이 이다지
　도 밝아오다니!
이 순수한 필치를 보노라니   440
자연의 섭리가 내 앞에 펼쳐 있음을 알겠다.
이제 비로소 저 현인의 말을 알겠구나.
〈정령의 세계가 닫혀 있는 게 아니라
네 오관이 닫힌 것이요, 네 마음이 죽은 것
　이니라!
일어나라, 학생들이여, 결연한 자세로   445
세속에 병든 가슴을 아침의 태양에 씻어

---

3) Bin ich ein Gott? 신의 창조 활동에 참여하려는 파우스트의 초월적 욕
망. 슈투름 운트 드랑(Sturm und Drang) 정신의 일단이 엿보인다.

내도록 하라!〉

부적을 들여다본다.

모든 개체가 어울려 전체를 이루고,
하나가 다른 하나에 작용하면서 살아가고
　　있구나!
하늘의 힘들이 오르내리며
황금의 두레박을 주고받는구나!　　　　　　450
축복의 향기 풍기면서
이 모든 것 하늘로부터 지상으로 내려와
조화롭게 삼라만상을 통해 울려퍼진다!

이 무슨 장관이랴! 그러나 아아! 그저 한
　　낱 구경거리에 지나지 않을 뿐!
내 너의 어디를 붙잡아야 할까, 무한한 자
　　연이여?　　　　　　　　　　　　　　455
너희 젖가슴[4]들아, 어디에? 너희는 모든
　　생명의 근원
하늘과 땅도 너희에게 매달려 있고,
메마른 가슴 다투어 그곳으로 달려간다 ─
너희는 샘솟으며 만물의 목을 축여주건만,

---

4) 지식과 인식의 원천을 일컫는다.

나만 헛되이 애태워야 하는가?

못마땅한 듯 책장을 넘겨 지령(地靈)[5]의 부적을 들여다본다.

이 부적은 어찌 이리도 다르게 작용할까?　　460
대지의 정령이여, 그대가 내게 더 가깝구나.
벌써 힘이 솟아나는 것 같고,
새로운 술에 취한 듯 몸이 달아오른다.
과감히 세상에 뛰어들어
지상의 고뇌도 지상의 행복도 다 함께 맛
　　보면서　　465
밀려드는 폭풍에도 끄떡없이
배가 부서지는 소리에도 겁내지 않을 것
　　같다.
내 머리 위로 구름이 피어오르는구나 —
달빛이 스러지고 —
등불이 꺼지는군!　　470
안개가 끼고 — 붉은 광선이
내 머리 위로 번득인다 — 둥근 천장으로
　　부터
음산한 바람이 불어내려
날 엄습한다!

---

5) Erdgeist. 지상의 모든 자연현상과 생물을 관장하는 정령.

간절히 원했던 정령이여, 그대 내 주변을
　떠돌고 있구나.　　　　　　　　　　　475
모습을 드러내다오!
아하! 가슴이 찢어지는 듯하구나!
새로운 감정을 맛보기 위해
내 모든 오관이 안달을 부리는군!
내 마음 온통 그대에게 바친 느낌이다!　　480
어서! 어서 나타나라! 내 목숨을 바쳐도
　좋다!

책을 움켜잡고 지령의 부적을 신비로운 어조로 읽는다.
붉은 불꽃이 넘실 타오르면서 그 불꽃 속에 지령이 나타난다.

지령　　나를 부르는 자 누구인고?

파우스트　(외면하면서)　　　　　흉측한 몰골이다!

지령　　너는 나를 힘차게 끌어당겼다.
　　　　내 영역에서 오랫동안 젖을 빨아대더니
　　　　그런데 이제는―

파우스트　　　　　　　아아! 난 그대를 감당하지
　　　　못하겠다!　　　　　　　　　　485

지령　　넌 날 보려고 숨가쁘게 갈구했었지.
　　　　내 음성을 들으려고, 내 얼굴을 보려고 말
　　　　이다.
　　　　하도 간절한 네 영혼의 소망에 이끌려

괴테가 직접 그린 지령의 출현 장면

나 여기 나타났도다! ─그런데 그 무슨 한
　심스러운 공포감이
초인(超人)이라는 널 사로잡았더냐! 그 영
　혼의 외침은 어디로 갔단 말이냐?　　490
자신 속에 하나의 세계를 창조하고,
그것을 품고 키워온 가슴, 기쁨에 떨며
우리 정령들과 어깨를 겨누며 부풀어올랐
　던 그 가슴은 어디에 있느냐?
너는 어디 있느냐, 파우스트? 그 음성 내
　게까지 들리도록
온 힘을 다 기울여 내게 내달아 왔던 너는?　495
내 입김이 닿기가 무섭게
오장육부까지 오돌오돌 떨며
꼴사납게 웅크리고 있는 벌레가 바로 너란
　말이냐?

파우스트 내 너를 피할까보냐, 불꽃의 형상이여?
　　나다, 파우스트다, 너와 대등한 존재이다!　500

지령 나 생명의 흐름에서, 행위의 폭풍에서
오르락내리락 골고루 관장하고
이리저리 누비며 짜낸다!
탄생과 무덤
영원한 바다　　　　　　　　　　　505
변화무쌍한 조직(組織)
불타는 생명

48

록벨 켄트가 직접 그린 지령의 출현 장면

나, 시간이라는 소란한 베틀에 앉아

신의 생동하는 옷을 짜낸다.

파우스트 넓은 세계를 두루 떠다니는 바쁜 정령이여,   510

나는 참으로 그대와 가깝다고 느낀다!

지령 너와 닮은 것은, 네가 생각하는 정령일 뿐

내가 아니로다! (사라진다)

파우스트 (털썩 주저앉으면서) 그대와 닮지 않았다고?

그렇다면 대체 누구와?   515

신을 닮은 내가 아니었더냐!

그런데 그대마저 닮질 않았다니!

노크 소리가 난다.

이런 제기랄! 알겠다 ― 저건 나의 조수녀

석이지 ―

아름답기 짝이 없는 행복이 사라지는구나!

이 충만한 환상이   520

저 따위 속된 염탐꾼에게 방해받다니!

바그너, 잠옷 바람에 잠자리의 모자를 쓰고, 등불을
손에 들고 있다. 파우스트, 못마땅한 표정으로 돌아본다.

바그너 용서하십시오! 선생님께서 낭송하시는 소

리 들어서요.

아마도 그리스 비극을 읽으셨겠지요?

저도 그런 기술을 배워 이득을 좀 보고 싶

    습니다.

요즈음엔 그런 것이 상당한 효과를 보니

    까요.   525

종종 이렇게 칭송하는 소리도 듣습니다.

희극배우가 목사도 가르칠 수 있다고요.

파우스트   그래, 목사가 희극배우라면 그럴 수도 있

    겠지.

실제로 그런 일이 가끔 있지만 말이야.

바그너   아아! 이렇게 연구실에 처박혀 있다가   530

겨우 휴일에나 세상 구경을 하는데,

그것도면 발치에서 망원경을 통해 보는 거

    라면

어찌 설득을 통해 대중을 인도할 수 있겠

    습니까?

파우스트   만약 진심으로 느끼지 못한다면, 목적을

    달성하지 못할 걸세.

마음에서 우러나와   535

강렬한 원초적 흥미로써

뭇사람의 심금을 울리지 못한다면 말이야.

항상 죽치고 앉아 있어 보라지! 주워 모은

    조각들을 아교풀로 붙이거나,

남의 잔칫상 찌꺼기나 모아 잡탕을 끓이

거나,

자네의 작은 잿더미에서 540

보잘것없는 불꽃을 살려내 본들

어린애와 원숭이들이나 감탄할까.

그런 것이 자네 구미에 맞다면 그만이겠
　　지만—

하지만 그것이 마음에서 우러나온 것이 아
　　니라면

결코 마음과 마음을 사로잡지 못할 것이다. 545

바그너　강연술만이 연설가를 성공시키는 게 아닐
　　까요?

잘 알고 있으면서도, 전 한참 뒤처져 있습
　　니다.

파우스트　성실한 태도로 성공의 길을 찾게나!

소리만 요란한 바보는 되지 말아야지!

이성(理性)과 올바른 마음만 가진다면 550

기교를 부리지 않아도 연설은 저절로 되는
　　법이라네.

하는 말에 진실이 담겨 있다면,

굳이 말투를 꾸며낼 필요가 어디 있겠나?

그렇지, 자네들의 연설이 번지르르해도,

내용인즉 삶의 휴지 조각을 구겨넣은 듯, 555

가을날 마른 가랑잎 사이로 스쳐가는

안개바람처럼 칙칙한 것일 테지.

바그너 오, 맙소사! 예술은 길고

우리의 인생은 짧습니다.

비판적인 연구[6]에 몰두하고 있을 때면,   560

종종 머리와 가슴이 답답해집니다.

근원까지 거슬러 올라가는 방법을 터득하

　기가

여간 어려운 일이 아니라서요!

그 길을 절반도 채 가기 전에

저 같은 멍텅구리는 죽어버리기 십상이겠죠.   565

파우스트 그런 양피지 책이, 무슨 성스러운 샘물이

　나 되듯

한 모금 마셔 영원히 갈증을 풀어줄 수 있

　겠나?

그것이 자네의 영혼에서 샘솟은 것이 아니

　라면,

상쾌한 맛을 얻지 못할 것일세.

바그너 죄송합니다만, 저의 큰 즐거움은   570

여러 시대의 정신 속으로 들어가

우리의 선현들이 무엇을 생각했는가,

그리고 우리가 그것을 얼마나 찬란하게 발

　전시켰는가 살펴보는 것입니다.

---

6) 옛 사람들의 업적을 현실에 입각해 비판적으로 연구하려는 계몽주의적
태도.

파우스트　오, 그래, 별까지 멀리 발전시켰겠지!

이 친구야, 과거의 시대들이란 우리에게 575

일곱 겹으로 봉인한 책이나 다름없어.

자네들이 시대정신이라고 부르는 것도

따지고 보면 작가 양반들 정신 속에

그 시대가 반영된 것에 불과하다네.

그러기에 실은 딱한 일이 종종 생기곤 하지! 580

사람들이 자네들을 보기만 해도 도망치지

　않던가.

쓰레기통이나 넝마 창고, 아니면 기껏해야

꼭두각시극에나 어울릴

그럴싸한 실용적 처세훈을 엮어 넣은

신파극이나 벌여놓으니 말일세! 585

바그너　하지만 이 세계! 인간의 마음과 정신!

누구나 그런 것에 대해 좀 알고 싶어 한단

　말이죠.

파우스트　그래, 그것도 앎이라고 한다면!

누가 어린아이를 참된 이름으로 부를 수

　있을까?

그것을 알고 있는 극소수가 590

어리석게도 그것을 가슴속에 간직하지 못

　하고

그들의 감정, 그들의 앎을 어리석은 무리에

　게 털어놓았지.

그 결과 십자가에 못 박히거나 화형을 당

　하게 되었지만 말이야.

여보게, 안됐지만 밤이 깊었으니

우리 얘기는 여기서 끝내기로 하세.　　　　595

바그너 저는 언제까지라도 자지 않고,

선생님과 이렇게 학문을 논하고 싶습니다만,

하지만 내일이 부활절의 첫째 날이니

그때 또 한두 가지 질문을 하도록 허락해

　주십시오.

열성적으로 공부에 매달려서　　　　　　600

아는 게 제법 있습니다만, 그래도 전 모든

　걸 다 알고자 합니다.

　　　　　　　　　　　　　　(퇴장한다)

파우스트 (혼자서) 어째서 저 녀석에게선 모든 희망

　이 사라지지 않는담.

줄곧 하찮은 것에 달라붙어

탐욕스러운 손으로 금은보화를 캐려다간

지렁이를 찾아내고도 기뻐하는 꼴이라니!　605

정령들의 기운이 날 감싸고 있는 이곳에

저런 인간의 음성이 들려도 될까?

그러나 아아! 이번만은 네게 감사해야겠다.

지상의 아들들 가운데 가장 가련한 존재

　인 네게 말이다.

내 감각을 송두리째 파괴하려던   610
절망으로부터 날 빼내어주었으니.
아! 그 정령의 모습 너무 거대했기에
나 진정 난쟁이 같은 느낌이 들 수밖에 없
　　었다.

신과 닮은 나는 이미
영원한 진리의 거울에 아주 가깝다 생각
　　했고,   615
하늘의 광채와 밝음 속에 노닐면서
속세의 아들이란 탈을 벗어버렸다.
천사 케루빔보다 뛰어난 나는 이미
자유로이 자연의 혈관 속을 흐르며
창조적으로 신의 삶을 향유하리라는 예감
　　에 차 있었는데   620
나, 이 무슨 창피한 꼴이란 말인가!
우레 같은 말 한마디에 혼비백산하고 말았
　　으니.

감히 그대를 닮으려 해서는 안 된단 말인가?
나 그대를 끌어당길 힘은 있었으되
그대를 붙잡아둘 힘이 모자랐구나.   625
그 거룩한 순간에
나 얼마나 왜소하게, 그러면서도 위대하게

느꼈던가.

그대는 잔인하게도 나를 다시

불확실한 인간의 운명 속으로 밀어넣었다.

누가 날 가르쳐줄까? 나는 무얼 피해야

    할까?   630

저 충동을 좇아야 할까?

아! 우리의 행위조차 고통과 매한가지로

우리의 인생행로를 가로막는 것이다.

정신이 획득한 아주 훌륭한 것에도

점차 이질적인 물질이 달라붙는 법,   635

우리가 이 세계의 선(善)에 도달한다 할지

    라도

더 나은 선을 거짓이며 착각이라고 부르

    는 법,

우리에게 생명을 부여해 준 아름다운 감정

    들도

어지러운 속세에서 마비돼 버리고 마느니.

환상이 보통 때는 대담하게 나래를 펴고   640

희망에 가득 차 영원한 경지까지 날아가다

    가도,

기대했던 행복이 시대의 소용돌이 속에서

    하나씩하나씩 좌초하게 되면,

이젠 조그만 공간에도 만족하게 된다.
곧 마음속 깊이 걱정이 둥지를 틀게 되고,
거기 남모르는 고통이 생겨나   645
불안스레 흔들대며 기쁨과 안식을 방해한다.
걱정은 항상 새로운 탈을 쓰고 나타나는즉
집과 농장, 아내와 자식,
또는 불, 물, 비수 그리고 독약이 되기도
　한다.
그리하여 우리는 별것도 아닌 일 때문에
　두려워 떨고   650
결코 잃어버릴 수 없는 것을 놓고 줄곧 눈
　물을 흘려야 하는 것이다.
나는 신들을 닮지 않았다! 그것을 뼈저리
　게 느낀다.
나는 흙더미를 파헤치는 벌레와 닮았다.
흙먼지를 먹으며 살아가다가
나그네의 발길에 밟혀 파묻혀버릴지도 모
　른다.   655

이 높은 벽을 칸칸이 막으며
내 주위를 비좁게 만드는 이것들도 쓰레기
　가 아닐까?
좀벌레의 세계에서 온갖 쓸데없는 것으로
　나를 압박하는

저 고물단지도 쓰레기가 아닐까?

여기에서 내게 없는 걸 찾아야 한단 말인가?　660

어디서나 인간들은 고통을 겪는다는 것,

어쩌다 하나쯤 재수 좋은 놈이 존재했다
　는 것,

그걸 알려고 수천 권의 책을 읽어야 한단
　말인가? —

텅 빈 해골바가지야, 왜 너는 나를 향해 히
　죽거리느냐?

너의 두뇌도 한때는 나처럼 헷갈리면서　665

안락한 날을 희구하고, 답답한 어스름 속
　에서

열렬히 진리를 찾아 처량히도 헤매었겠지?

바퀴와 톱니, 원통 또는 손잡이 달린 기구
　들아,

너희들도 물론 날 조롱하고 있으렷다.

내가 문 앞에 섰을 때, 너희들은 열쇠가 되
　어야 했다.　670

너희들의 걸림쇠는 요철을 이루고 있었으
　나, 빗장을 열지는 못했다.

밝은 대낮에도 자연은

비밀에 가득 찬 베일을 벗지 않나니,

우리의 정신에게 내보이려 하지 않는 것을

지렛대나 나사 따위로 얻어낼 수 있겠느냐.　675

내겐 아무 소용도 없는 도구들아,
너희들은 내 선친께서 사용하셨기에 여기
　남아 있을 뿐이로다.
너 낡은 양피지 두루마리야, 이 책상 위에
흐린 램프가 켜져 있는 한, 연기에 그을리
　게 되겠지.
이 얼마 안 되는 고물단지들을 지고 땀을
　흘리느니　　　　　　　　　　　　　680
진작 탕진해 버렸으면 좋았을 것을.
조상에게서 상속받은 것은
그저 소유하기 위해 획득했을 뿐,
사용치 않는 재산은 무거운 짐이 될 따름
　이니
순간이 만들어내는 것만을 이용할 수 있
　는 것이다.　　　　　　　　　　　685
그런데 왜 나의 시선은 저쪽으로만 향하는
　것일까?
저 작은 약병이 눈을 끌어당기는 자석이라
　도 된단 말인가?
왜 나의 주위가 갑자기 밝아오는 것일까!
마치 어두운 숲에 달빛이 환히 빛나는 것
　처럼?

너 진기한 플라스크 병아,　　　　　　690

네게 인사를 보내며, 이제 경건한 마음으
　　로 집어내린다!
네 안에 들어 있는 인간의 지혜와 기술을
　　존경하노라.
너, 고이 잠들게 하는 영액(靈液)이여,
죽음을 가져오는 희한한 힘의 정수여,
네 주인에게 은혜를 베풀어다오! 695
너를 보니, 자못 고통이 가시고,
너를 손에 잡으니, 의욕도 감소되는 게
정신의 조류가 썰물처럼 서서히 빠져나간다.
망망대해로 나, 떠밀려 나가니
거울 같은 바닷물이 내 발치에서 반짝이고 700
새로운 날이 나를 새로운 해변으로 유혹
　　하는구나.

불[火]수레7) 하나가 가볍게 흔들거리며 다
　　가온다!
나는 새로운 길을 따라 푸른 창공을 뚫고
순수한 활동의 신천지로
나아갈 준비가 되었도다. 705
이 숭고한 삶, 이 신성한 기쁨,

---

7) 『구약성서』 「열왕기하」 2장 11절에 예언자 엘리야가 불수레를 타고 승천
했다는 내용이 실려 있다.

아직 벌레 같은 내가 이것을 향유할 자격
  이 있을까?
오냐, 저 다정한 지상의 태양으로부터
결연히 등을 돌리자!
모두들 살금살금 피해 가는   710
저 문을 과감히 박차고 나가자.
이제 행동으로 증명할 때가 왔다.
인간의 용기는 신의 권위에도 굴복하지 않
  는다는 것
환상 속에 고통을 만들며 자신을 저주하는
저 어두운 동굴 앞에서도 떨지 않는다는 것, 715
지옥의 모든 불길 활활 타오르는
저 좁은 통로를 통해 과감히 들어가
비록 허무 속으로 휩쓸려들 위험이 있다
  해도
이 발길 씩씩하게 내디딜 각오가 되어 있
  다는 것을.

자, 이리 내려오렴, 깨끗한 수정 술잔아!   720
내 오랜 세월 잊고 있었던
그 낡은 상자에서 나오너라!
너는 조상들의 즐거운 축제 때마다 빛을
  발했다.
한 사람이 다른 사람에게 널 건넬 때마다

점잖은 손님들을 흥겹게 해주었다.   725
온갖 기교의 아름다운 무늬를 보며,
음주가는 의무적으로 시를 읊조리고
단숨에 술잔을 비워야 했다.
젊은 날의 수많은 밤들이 기억나지만,
오늘은 널 옆사람에게 돌리려는 게 아니다.   730
네 그림무늬를 가지고 나의 시재(詩才)를
    발휘하려는 것도 아니다.
여기 빨리 취하게 하는 액체가 있으니,
이 갈색의 액체로 네 빈속을 가득 채워주
    겠다.
내 일찍이 마련했다가 이제 선택하노니,
이 마지막 술잔, 내 마음 다 바쳐   735
엄숙한 축복의 인사와 더불어 새 아침을
    위해 건배하노라!

                        (술잔을 입에 댄다)

        종소리와 합창의 노래

천사들의 합창   그리스도께서 부활하셨네.
              인간들아, 기뻐하라.
              살며시 잠입하여
              남을 파멸시키려는, 타고난   740
              욕구에 사로잡힌 인간들아.

파우스트　저 유현한 울림, 저 맑은 노랫소리가

내 입술에서 단호히 술잔을 앗아가는가?

저 은은한 종소리는 벌써

부활절의 첫 축제 시간을 알려주는가?　745

너희 합창대는 벌써 위안의 노래를 부르

느냐,

그 옛날[8] 어두운 무덤 곁에서 천사들의 입

을 통해

새로운 결속에의 확신을 주었던 그 노래를?

여인들의 합창　향기로운 기름으로

그의 몸 씻어드리고,　750

우리 충실한 여인들

그를 누우시게 하였도다.

흰 천과 끈으로

정결히 염하였건만,

아아! 그리스도께서는 이제　755

여기에 계시지 않다네.

천사들의 합창　그리스도께서 부활하셨네!

사랑의 주님 복되시도다.

---

8) 예수의 수난 다음 주 첫날을 가리킨다. 「마태복음」(28장 6절)에 의하면,
새벽에 막달라 마리아가 예수의 무덤에 갔을 때, 천사가 나타나서 예수의
부활을 알려주었다.

슬픔 속에서
구원과 단련의 시련   760
이겨내신 주님.

파우스트 너희 하늘의 노랫소리여, 힘차고 부드럽게
　　　울리며
무엇을 찾는가? 먼지 속에 처박힌 나를 찾
　　　는가?
저기 마음씨 고운 사람들이 사는 곳에서
　　　나 울려퍼지려무나.
복음은 잘 들리지만, 나에겐 믿음이 없다.   765
기적은 믿음의 가장 사랑스러운 자식.
기쁜 소식 들려오는 저 영역으로
들어갈 엄두가 나지 않는다.
하지만 어린 시절부터 귀에 익은 저 음조
나를 다시 삶 속으로 되불러주는구나.   770
예전엔 엄숙하고 조용한 안식일에
하늘의 사랑을 담은 키스가 내게 내려졌
　　　었다.
그때 종소리는 예감에 가득 차 온 누리에
　　　울려퍼졌고
내 기도는 바로 열렬한 기쁨이었다.
말할 수 없이 감미로운 그리움이   775
날 숲과 초원으로 내달리게 했고,

뜨겁게 흐르는 눈물 속에서
나, 새로운 세계가 생겨남을 예감했었다.
저 노랫소리는 젊은이에게 즐거운 유희와
축제일의 신명나는 즐거움을 알려주었지.   780
추억이 나를 천진스러운 동심으로 이끌어
마지막 엄숙한 발걸음을 멈추게 하는구나.
오, 계속하여 울리거라, 너희 달콤한 하늘
　　나라의 노랫소리!
눈물이 솟구치는구나, 이 땅이 날 다시 받
　　아들이는구나!

사도들의 합창　　무덤에 묻히신 분   785
어느새 하늘 높이 오르셔
거룩한 생명 얻어
영광스레 승천하셨네.
소생하는 기쁨 속에
창조의 즐거움 누리셨네.   790
아아! 슬프게도 우리는
이 땅의 품 안에 남아 있네.
주님을 사모하는 우리들
이곳에 남겨놓으셨네.
아아! 스승님, 우리는 애통합니다.   795
당신의 기쁨 나누지 못했음이!

천사들의 합창	주님께서 부활하셨네,
	사멸의 품을 벗어나.
	너희도 즐거운 마음으로
	속세의 끈을 끊을지어다!	800
	행동으로 그를 찬미하고
	사랑을 증명하며
	우애롭게 음식을 나누는 자,
	전도의 길에 나서
	기쁨을 약속하는 자,	805
	주님은 너희에게 가깝고
	너희를 위해 계시도다!

성문 앞에서

각양각색의 산보객들이 등장한다.

젊은 직공 몇 사람	왜 그쪽으로 가는 거야?
다른 직공들	우린 사냥꾼 집 쪽으로 가는 길일세.
젊은 직공들	우린 물방앗간 쪽으로 거닐어볼까 하고.	810
직공 한 사람	강변의 주막으로 가는 게 좋을걸.
두번째 직공	그쪽으로 가는 길은 별 재미가 없을 텐데.
두번째 직공들	자넨 어쩔 텐가?
세번째 직공	난 남들이 가는 데로 따라

가겠네.

네번째 직공 산성(山城)마을로 올라가세. 거기에 가면 틀림없이

멋진 아가씨들과 기막힌 맥주가 기다릴 거야. 815

멋들어진 싸움판도 벌일 수 있고.

다섯번째 직공 참 힘이 뻗치는 녀석이군.

벌써 세번째라네. 또 어디가 근질거리는 모 양이지.

난 가지 않겠네. 그곳은 생각만 해도 진저 리가 나.

하녀 싫어, 싫어! 난 시내로 돌아갈 테야. 820

다른 하녀 저 백양나무 밑에 그이가 꼭 와 있을 거야.

첫번째 하녀 와봤자 내게 좋을 게 있니?

그인 너하고만 꼭 붙어다니고,

춤출 때도 너하고만 짝이 되는걸.

네가 재미 보는데, 나와 무슨 상관이라고! 825

다른 하녀 오늘은 그이가 틀림없이 혼자 오지 않을 거야.

그 고수머리 총각도 함께 온다고 했어.

학생 아따, 저 말괄량이들 걸어가는 것 좀 보게!

여보게, 이리 오게나! 우리 저것들 뒤를 따 라가자고.

톡 쏘는 맥주에다 독한 담배, 830

그리고 근사하게 차린 여자. 이게 요즘 내

68

취미일세.

여염집 처녀 저 멋쟁이 학생들 좀 봐요!

정말 창피한 일이네.

얼마든지 훌륭한 교제를 할 수 있을 텐데

저 따위 하녀들 뒤꽁무니만 따라다니다니! 835

두번째 학생 (첫번째 학생에게) 너무 서둘지 말게나! 저

뒤에 오는 두 처녀를 보게.

정말 멋지게 차려입었지?

그중 하나는 우리 이웃집 처녀야.

난 그 처녀에게 홀딱 반했다네.

저렇게 얌전하게 걷고 있지만, 840

결국은 우리와 동행하게 될 거야.

첫번째 학생 여보게, 난 그만두겠네. 신경 쓰는 일은 질

색이네.

빨리 가자고! 저 암노루들을 놓치지 말아

야지.

토요일마다 빗자루를 들었던 손이

일요일엔 우리를 기막히게 어루만져 줄 거야. 845

시민 아니, 신임 시장은 마음에 들지 않아!

시장이 되고 나더니 날이 갈수록 거만해

지고 있어요.

우리 시를 위해서 도대체 무얼 한 게 있지요?

매일 사정이 나빠지기만 하잖아요?

시민들은 평소보다 더 복종을 강요당하고, 850

내야 할 세금도 전보다 더 늘어났다니까요.

거지 (노래한다) 착한 신사분들, 그리고 아름다
     운 숙녀님들
     멋진 차림에 혈색도 좋으시군요.
     제발이지 저의 몰골 좀 살펴보시고,
     제 고난을 헤아려 적선 좀 하십시오!   855
     이 풍금 소리 헛되게 말아주세요!
     베푸는 사람만이 마음도 즐거운 법이외다.
     모두들 즐기는 이날이
     제겐 수확의 날이 되게 하소서.
다른 시민 일요일이나 축제일엔 무엇보다도   860
     전쟁이나 전쟁터의 함성에 대해 이야기하
     는 게 제일이지요.
     저 뒤쪽 멀리 터키에서는
     민족간의 싸움이 치열한데,
     우리는 창가에 서서 맥주나 마시며
     강물에 미끄러지는 갖가지 배들을 바라보
     다가   865
     저녁엔 즐겁게 집으로 돌아가
     태평성대를 축복하는 거지요.
세번째 시민 그렇소, 이웃 양반! 나 역시 그 꼴이지요.
     그들이야 대가리 깨지건 말건
     모든 게 뒤죽박죽되건 말건   870

우리 집만 옛날대로 무사하면 그만이지.

늙은 여인 (여염집 처녀들을 향해) 아이고, 예쁘기도

해라, 이 젊은 아가씨들!

누구든 너희에게 반하지 않겠니? —

너무 도도하게 굴지 말아라! 그만하면 됐다!

너희들의 소망쯤이야 나도 들어주겠다.   875

여염집 처녀 아가테야, 어서 가자! 사람들 많은 데서

저런 마귀할멈과 다니지 않도록 해야 해.

하긴 성 안드레아의 밤[9]에

미래의 남편감을 실물로 보여주긴 했지만 —

다른 처녀 내겐 수정에 비춰 내 애인을 보여주던데.   880

군인인 모양인지 많은 용사들 사이에 끼여

있더라.

그래서 사방팔방 찾아보지만

도대체 나타나질 않아.

군인들 성이라면 드높은 벽과

총안(銃眼)을 갖춘 것,   885

아가씨라면 새침하고

콧대가 높은 처녀,

이런 처녀 얻고 싶구나!

---

9) 11월 29일, 성 안드레아가 순교한 날. 이날 밤 처녀가 식탁을 차려놓고 창
문을 연 채 일정한 주문을 외우면 미래의 애인을 볼 수 있다고 전한다.

힘은 많이 들겠지만
그 보상은 훌륭하겠지!   890

나팔소리 우렁차게
우리는 나아간다,
기쁨을 향해서건
파멸을 향해서건.
이것이 돌진이다!   895
이것이 인생이다!
처녀건 성벽이건
함락시키고야 말리라.
힘은 많이 들겠지만
그 보상은 훌륭하겠지!   900
이렇게 병사들은
전진 또 전진.

파우스트와 바그너 등장

파우스트 다정한 봄의 시선에 생기를 얻어
강물도 시냇물도 얼음에서 풀렸구나.
골짜기엔 푸른 희망의 기쁨.   905
노쇠한 겨울은 힘을 잃고
거친 산속으로 물러났다.
도망치면서도 거기로부터

힘없는 싸락눈을 뿌렸는가,
푸른 들판 위에 줄무늬를 그린다.   910
그러나 태양은 어떤 흰색도 용납하지 않는다.
도처에 형성(形成)과 노력의 기운 꿈틀거리고,
만물은 온갖 색깔을 띠고 생동한다.
이 근방엔 꽃들이 없는 대신
잘 치장한 사람들이 모여드는구나.   915
자네, 몸을 돌려 이 높은 언덕으로부터
시내 쪽을 내려다보게나.
어둡고 공허한 성문으로부터
다채로운 인파가 몰려나오지 않나?
오늘은 모두들 햇빛을 쬐고 싶은 모양이지.   920
예수님의 부활을 축하하는 까닭은
그들 스스로가 소생했기 때문이리라.
오막살이의 답답한 방으로부터
직공이나 상인의 질곡으로부터
박공이나 지붕의 중압감,   925
쥐어짜는 듯 비좁은 거리,
교회의 엄숙한 어둠으로부터
그들은 모두 빛을 찾아나온 것이다.
자, 보게나! 많은 사람들이 민첩하게
공원과 들판을 뒤덮고 다니는 양을.   930
강을 가득 메우며 흔들거리는
즐거운 나룻배들.

가라앉을 듯 가득 사람들을 싣고
저 마지막 조각배가 떠나간다.
먼 산의 오솔길에도   935
알록달록한 옷들 눈에 띄는구나.
어느새 마을로부터 왁자지껄하는 소리 들
　려오는가.
여기야말로 민중의 참된 천국이로다.
남녀노소 할 것 없이 기쁜 환호성을 지르
　는군.
여기에선 나도 인간이다, 여기에선 나도 인
　간이 되리라!   940
바그너　박사님, 박사님과 함께 산책하는 건
영광스러운 일이며, 또한 얻는 것도 많습
　니다.
하지만 저 혼자였다면 이런 곳을 헤매진
　않았을 겝니다.
무엇이고 거친 것은 딱 질색이니까요.
깡깡이 켜는 소리, 고함 소리, 구주희놀이
　소리,   945
제겐 모두 역겨운 소리들입니다.
귀신에게 쫓기듯 미쳐 날뛰면서
그걸 즐거움이요, 노래라고 하는 거예요.

농부들, 보리수 아래서 춤추고 노래한다.

농부들	목동이 치장하고 춤추러 갔네.
	화려한 저고리에 리본과 화관, 950
	거기에 장신구까지.
	보리수 주변엔 벌써 사람들 가득
	모두들 미친 듯이 춤을 추었네.
	얼씨구! 절씨구!
	어얼씨구! 얼싸 좋아라! 955
	깡깡이 소리 한번 멋들어지구나.

목동이 허둥지둥 끼여들었네.
옆에서 춤추던 아가씨 하나
그의 팔꿈치에 찔리었네.
팔팔한 아가씨 돌아보며 하는 말, 960
아니, 웬 바보 같은 수작이람!
얼씨구! 절씨구!
어얼씨구! 얼싸 좋아라!
버릇없는 짓을랑 그만두세요.

하지만 민첩하게 원을 그리며 965
둘은 신명나게 춤을 추었네.
이리저리, 옷자락도 펄럭
모두 뜨겁게 달아올라서
팔에 팔을 끼고 숨을 돌리네.
얼씨구! 절씨구! 970

어얼씨구! 얼싸 좋아라!

어느새 팔이 허리를 감았네.

제발 정다운 체하지 말아요!

자기 새악시 홀려놓고는

속이고 가는 남자 얼마나 많나요!　　　　975

하지만 목동은 처녀를 꾀었네.

저편 보리수 밑에서 들리는 소리.

얼씨구! 절씨구!

어얼씨구! 얼싸 좋아라!

떠들썩한 환호와 깡깡이 소리.　　　　980

늙은 농부　박사님, 정말 훌륭하십니다.

고명하신 학자님께서

우리를 업수이녀기지 않고

이렇게 백성들 우글대는 곳에 왕림해 주시

　　다니요.

신선한 술 가득 채운　　　　985

제일 좋은 술잔을 받아주십시오.

이 술잔 올리면서 소리 높여 축원하오니

갈증을 푸심은 물론

여기 담긴 술방울의 수만큼이나

오래도록 만수무강하십시오.　　　　990

파우스트　그럼 이 원기 돋우는 술을 들면서

여러분 모두에게 축복과 감사의 마음을 보
냅니다.

군중이 모여들어 주위를 둘러싼다.

늙은 농부　이 기쁜 날 나오시니
우리에겐 참으로 영광입니다.
지난날 우리에게 역병이 돌았을 때　　　　　995
박사님께서 큰 은혜를 베풀어주셨지요!
박사님의 선친께선 살아생전에
천신만고 끝에 무서운 열병을 몰아내셨어요.
그 전염병을 근절시키신 덕분에
여기 이렇게 살아남은 사람들이 많답니다.　　1000
젊은이였던 박사님께선 그 당시에도
환자의 집을 일일이 방문하셨습니다.
수많은 시체가 실려 나갔지만,
온갖 혹독한 시련을 이겨내시고
선생님께선 무사하셨지요.　　　　　　　　1005
도움을 베푼 분에게 하늘이 도움을 내린
　것입니다.
모두 함께　훌륭한 선생님의 건강을 지켜주셔서
오래오래 우리를 돕게 해주옵소서!
파우스트　저 하늘에 계신 분께 경배합시다.
그분이 돕는 법을 일러주시고, 도움을 보

내주시니까요.

그는 바그너와 함께 계속 걸어간다.

바그너 오, 위대하신 선생님, 군중의 존경을 한 몸
       에 받으시니
       얼마나 기분이 좋으실까!
       자신의 재능으로 이런 성공을 거두는 사
       람은
       얼마나 행복하겠습니까!
       어버이가 자식에게 선생님을 본받으라 이
       르니,   1015
       모두들 수소문해 서둘러 달려옵니다.
       깡깡이 소리가 그치고, 춤추던 사람도 춤
       을 멈춥니다.
       선생님께서 지나가면, 사람들이 줄지어 늘
       어서고
       모자들이 공중으로 날아오릅니다.
       이러다간 성체(聖體)가 지날 때 모양   1020
       무릎을 꿇게 될지도 모르겠군요.
파우스트 우리 저 바위까지 몇 걸음 더 올라가
       거기서 잠시 쉬어 가도록 하세.
       때로 생각에 잠긴 채 여기에 홀로 앉아
       나, 기도와 금식으로 고행을 했다네.   1025

희망에 넘치고 믿음도 굳건히
눈물과 한숨 속에 두 손을 모으고
그 흑사병 끝장내 달라고
하늘에 계신 주님께 간청했었지.
사람들의 찬사가 내겐 조롱처럼 들리는군.　　1030
오, 자네가 내 마음을 헤아릴 수 있다면.
실은 아버님이나 나나
이런 찬사를 들을 자격이 없었네!
나의 선친께선 어두운 영역의 명인[10]이셨지.
자연과 그 성스러운 영역에 대해서　　1035
정직하지만, 독창적인 방법으로
고뇌에 찬 노력을 기울여 연구하셨네.
연금술사들과 어울려
어두운 실험실에 틀어박힌 채
수없이 많은 처방에 따라　　1040
상극 관계에 있는 것을 조합하려 하셨네.
용감한 구혼자인 붉은 사자[11]를
미지근한 탕 속에서 백합과 교합시키고,
둘을 작열하는 불꽃에 달구어

---

10) 연금술사였음을 지칭한다.

11) ein roter Leu. 붉은색의 산화수(酸化水)로 남성의 금속소. '백합'으로
불리는 흰색 염산이 여성이 되어, 양성이 결합하면 아름다운 공주님이 탄생
한다는 연금술의 이야기가 있다.

이 신방(新房)12)에서 저 신방으로 몰아치

곤 하셨네.   1045

그런 다음에야 오색찬란한 색깔을 띠고

젊은 여왕님13)이 유리그릇 속에 나타나게

되는 거야.

그게 약이었는데, 환자들은 죽었단 말이지.

그러나 아무도 묻지 않았어. 〈완치된 자가

누구냐?〉고.

우리는 그 고약한 탕약을 가지고   1050

이 마을 저 골짜기를 찾아다니며

흑사병보다 더 흉악하게 설쳐댔던 것이라네.

나 자신도 수많은 사람에게 그 독약을 주

었는데,

그들은 말라죽고 나는 살아남아

뻔뻔한 살인자가 칭송하는 소리를 들어야

하는 거라네.   1055

바그너 그런 일 때문에 상심할 필요가 있겠습니까?

선인들이 물려준 기술을

양심껏 정확히 시행하기만 해도

충분히 할 일을 다한 게 아닐까요?

젊었을 때 부친을 존경하셨으니,   1060

---

12) 실험용 플라스크를 가리킨다.

13) 소위 '현자의 돌(Stein der Weisen)'이라고 불리는 만병통치약.

그분의 비법을 전수받는 건 기꺼운 일일

　것이며,

장성해서 그 학문을 보다 발전시킨다면,

선생님의 아드님께선 더 높은 경지에 이를

　것입니다.

파우스트　오, 누구든 이 미혹의 바다에서

아직은 벗어날 수 있다고 희망하는 자, 행

　복하도다!　　　　　　　　　　　　　　　1065

알지 못하는 것을 우리는 필요로 했지만,

알고 있는 것은 사용하지 못한다.

하지만 이 아름다운 황금의 시간을

이 따위 우울한 생각으로 망치지 말자!

저길 좀 보게나, 빛나는 저녁 햇살 속에　　1070

푸른 숲에 둘러싸인 오두막집이 빛나는

　양을.

석양이 기울어 하루의 생명이 다하면

태양은 서둘러 달려가 새로운 삶을 촉구

　한다.

오, 내게 날개가 있다면 땅에서 솟구쳐 올라

태양을 따라 어디든 날아갈 수 있으련만!　1075

영원한 석양 속에

발 아래 고요한 세계를 볼 수 있으련만.

산봉우리들은 이글거리고 골짜기는 고요

　한데,

은빛 시냇물이 황금빛 강물 속으로 흘러
　들리라.
그러면 수많은 골짜기가 있는 험준한 산도　　1080
신(神)처럼 날아가는 나의 행로를 막지 못
　하고,
어느새 따뜻한 만(灣)을 낀 바다가
놀라는 내 눈앞에 전개되리라.
그러나 결국 태양의 여신은 가라앉을 것이다.
그래도 내겐 새로운 충동이 깨어나　　1085
태양의 영원한 빛 마시기 위해 달려가리라.
낮을 앞에 안고 밤을 등지고,
위로는 하늘, 아래로는 푸른 물결 굽어보
　면서.
이것은 아름다운 꿈, 그 사이에 여신은 자
　취를 감추는구나.
아아! 정신의 날개 이토록 가벼운데　　1090
육신의 날개가 응해주질 못하누나.
그러나 머리 위 푸른 하늘 속으로
낭랑한 종달새의 노래 울려퍼질 때,
하늘 높이 치솟은 전나무 위로
독수리가 날개를 활짝 펴고 선회할 때,　　1095
초원 위로, 호수 위로
두루미가 고향을 찾아 헤맬 때,
누구의 마음인들 하늘 높이 솟구쳐 나아

가지 않으랴.

그것이 우리 모두의 타고난 천성일진대.

바그너 저 자신도 가끔 망상에 빠질 때가 있지만, 1100

그런 충동은 느껴보지 못했습니다.

숲과 들을 바라봐도 이내 싫증이 나고

새의 날개 따위도 부러울 것 같지 않네요.

하지만 이책 저책, 이쪽저쪽 읽어가는

정신의 즐거움은 얼마나 다른지요! 1105

긴 겨울밤이 은혜롭고 아름다우며,

축복받은 생기가 온몸을 따사롭게 해줍니다.

아아! 그때 귀한 양피지 책이라도 펼쳐놓

으면

천국이 온통 제게로 내려온 기분이랍니다.

파우스트 자네는 한 가지 충동밖에 모르는군. 1110

오오, 또 하나의 충동을 알려고 하지 말게!

내 가슴속엔 아아! 두 개의 영혼이 깃들어서

하나가 다른 하나와 떨어지려고 하네.

하나는 음탕한 애욕에 빠져

현세에 매달려 관능적 쾌락을 추구하고, 1115

다른 하나는 과감히 세속의 티끌을 떠나

숭고한 선인들의 영역에 오르려고 하네.

오오, 하늘과 땅 사이를 지배하며

대기 속에 부유하는 정령이 있다면,

부디 황금빛 운무에서 나와 1120

나를 새롭고 찬란한 삶으로 이끌어다오!

그래, 마법의 외투라도 얻을 수 있어서

미지의 나라로 날아갈 수만 있다면!

내겐 그것이 어떤 귀중한 의복보다

아니 임금의 곤룡포보다 값진 것이 되리라.   1125

바그너 제발, 세상이 다 아는 그런 마귀 떼를 부르
　　지 마십시오.

대기 속에 흘러들어 넓게 퍼져서는

사방팔방으로 인간에게

온갖 위해를 가하려는 놈들입니다.

북쪽으로는 날카로운 이빨을 드러낸 마귀가   1130

화살같이 뾰족한 혀를 가지고 덤벼들고,

동쪽에서 오는 마귀는 만물을 시들게 하
　　면서

우리의 폐로부터 영양분을 취하는 것입니다.

남쪽 사막에서 온 놈들은

우리의 정수리에 끊임없이 불길을 퍼붓고,   1135

서쪽의 무리는 처음엔 생기를 주다가

우리와 논밭을 물에 잠기게 합니다.

놈들은 해치기를 좋아하면서도 말을 잘
　　듣습니다.

복종을 잘하는 것도 우리를 속이려는 속
　　셈이 있기 때문입죠.

놈들은 마치 천상에서 보내진 듯   1140

거짓말을 할 때도 천사처럼 속삭이지요.

하지만 이제 돌아가십시다! 사방이 벌써
　어두워졌습니다.

바람이 싸늘하고 안개마저 내리는군요!

저녁이 되니까 비로소 집의 고마움을 알
　것 같습니다ㅡ

그렇게 서서 무얼 놀란 듯 바라보고 계십
　니까?　　　　　　　　　　　　　1145

이 어스름 속에서 선생님의 마음을 사로잡
　은 게 무엇입니까?

파우스트 저 묘목과 그루터기 사이를 배회하는 검은
　개가 보이는가?

바그너 벌써 보았지만 별로 대수롭게 여기지 않았
　습니다.

파우스트 잘 살펴보게나! 자넨 저 짐승을 무어라고
　생각하나?

바그너 삽살개지요. 그놈 버릇대로　　　　　1150

주인의 발자취를 찾느라 킁킁거리는군요.

파우스트 자네 모르겠나, 저 녀석이 커다란 나선형
　을 그리며

우리의 주위로 점점 다가오고 있다는 걸.

그리고 착각이 아니라면, 녀석이 지나간
　자리엔

불꽃의 소용돌이가 뒤따르고 있단 말일세. 1155

바그너 제 눈엔 검은 삽살개밖에 보이지 않습니다.
아마 선생님께서 헛것을 보신 게지요.

파우스트 내 보기엔 녀석이 장차 무언가 인연을 맺
기 위해
우리 발에 마법의 올가미를 치는 것 같아.

바그너 겁먹은 표정으로 불안하게 우리 주위를 뛰
어다니는 것이   1160
필경 제 주인 대신 낯선 두 사람을 만난 때
문이겠죠.

파우스트 배회하는 원이 좁아졌어. 어느새 가까이
왔구나!

바그너 보십시오! 개지 귀신은 아닙니다.
컹컹대며 두리번거리다가 배를 깔고 엎드
리기도 하는데요.
꼬리도 치고요. 모두 개가 하는 버릇입니다. 1165

파우스트 이리 온! 우리와 함께 가자!

바그너 삽살개치곤 우스운 놈인데요.
선생님께서 걸음을 멈추시면 저도 기다리고,
무슨 말씀이라도 건네시면 기어오르려 합
니다.
무엇이든 떨구시면 물어올 기세입니다.   1170
선생님의 지팡이를 찾아 물속에라도 뛰어
들 것 같습니다.

파우스트 자네 말이 맞았어. 정령의 자취는 보이지

않는군.

모두가 훈련의 덕분이야.

바그너 잘 길들인 개라면

현명하신 분의 마음에도 들 것입니다. 1175

학생 중에서도 뛰어난 제자인 이 녀석

필경 선생님의 귀여움도 받을 겁니다.

(그들은 성문 안으로 들어간다)

서재

파우스트 (삽살개를 데리고 들어오며)

나는 들과 초원을 떠나왔다.

그것은 깊은 밤의 장막에 싸였고,

밤은 예감에 가득 찬, 성스러운 두려움으로 1180

우리 마음속 선한 영혼을 일깨워 준다.

온갖 격렬한 행위를 동반하는

거친 충동 잠들었으니,

인간의 사랑 움터나면서

하느님을 사랑하는 마음도 고개를 든다. 1185

조용해라, 삽살개야! 이리저리 뛰지 말아라!

여기 문지방에선 무슨 냄새를 맡느라 킁킁

    거리느냐?

저 난로 뒤에 가서 누워 있거라.
제일 좋은 방석을 네게 주겠다.
저 바깥 산길에선 네가   1190
달리며 뛰어오르며 우리를 즐겁게 하였으니,
이제는 내가 널 대접하도록
환영받는 얌전한 손님이 되어주렴.

아아, 우리들의 비좁은 방에
등불이 다시 정답게 켜지면   1195
우리의 가슴속도 밝아진다.
자신을 아는 마음속도.
이성(理性)은 다시금 말을 시작하고
희망도 다시 피어난다.
우리는 삶의 시냇물을,   1200
아아, 그 삶의 원천을 그리워하노라.

으르렁대지 말아라, 삽살개야! 지금 나의
    영혼을
온통 감싸고 있는 성스러운 음향에는
짐승의 소리가 어울리지 않느니라.
흔한 일이지만 우리 인간은   1205
자기가 이해하지 못하는 것을 조소하고,
때로 불편한 일이 발생하면
착하고 아름다운 걸 봐도 곧잘 불평한다

마는
너희들 개도 인간들처럼 으르렁거리고 싶
단 말이냐?

그러나 아아! 이 마음 간절해도   1210
더 이상 만족감이 솟아나지 않는구나.
그러나 왜 삶의 강물은 그리도 빨리 메말라
우리를 다시 갈증에 허덕이게 하는가?
그것은 내가 수없이 경험해 온 것.
이러한 결핍을 메우는 일은   1215
초현세적인 것을 숭상하고,
무엇보다 신약성서에서
고귀하고 아름답게 빛나는
하늘의 계시를 간절히 바라는 것이다.
이제 원전을 펼쳐놓고   1220
성실한 마음으로 한번
그 성스러운 원문(原文)을
사랑하는 독일어로 옮겨보고 싶구나.

책 한 권을 펼쳐놓고 번역을 시작한다.

여기 씌어 있기를, 〈태초에 말씀이 계셨느
니라!〉
이 대목에서 벌써 막히는구나! 누가 나를

도와 계속할 수 있게 해줄까?   1225
나는 말씀이란 말을 그렇게 높이 평가할
    수가 없다.
정령으로부터 올바른 깨달음을 얻었다면,
나는 이 말을 다르게 옮겨야 한다.
이렇게 쓰면 어떨까, 〈태초에 뜻이 있었느
    니라!〉
첫번째 구절을 신중히 생각해   1230
붓이 너무 빨리 나가지 않도록 해야겠다!
만물을 창조하고 다스리는 것이 과연 〈뜻〉
    이랄 수 있을까?
차라리 이건 어떨까, 〈태초에 힘이 있었느
    니라!〉
하지만 내가 이렇게 써내려가는 동안
벌써 거기에 집착하지 말라고 경고하는 것
    이 있다.   1235
정령의 도움이구나! 갑자기 좋은 생각이
    떠올라
기쁜 마음으로 기록하노니, 〈태초에 행위
    가 있었느니라!〉

네가 나와 함께 이 방에 있으려거든
그렇게 으르렁대지 말아라, 삽살개야!
그렇게 짖어도 안 돼!   1240

날 방해하는 친구를

가까이 둘 수가 없구나.

우리 둘 중 하나가

이 방을 떠나야겠는걸.

내키지는 않으나 손님으로서의 네 권리를

　취소하겠다.　　　　　　　　　　　　　　　1245

문이 열려 있으니 얼마든지 나갈 수 있을

　게다.

한데 저것이 무얼까?

세상에 저런 일이 있을 수 있을까?

환영인가? 아니면 현실인가?

삽살개가 늘어나고 커진다니!　　　　　　　1250

저 녀석이 일어서려고 안간힘을 쓰는구나.

저건 개의 형상이 아니다!

웬 도깨비를 집안에 불러들였단 말인가!

어느새 하마처럼 보이는구나.

저 불꽃 튀는 두 눈과 무시무시한 이빨.　　1255

오오! 네놈은 내 수중에 잡혔다!

절반쯤 지옥에서 태어난 네놈에겐

솔로몬의 열쇠[14]가 제격일 게다.

정령들　(복도에서) 저 안에 하나 갇혔구나!

---

14) Salomonis Schlüssel. 선한 정령을 불러내는 주문이 적힌 책.

따라 들어가지 말고 밖에 있거라!　　　　1260
쇠덫에 걸린 여우 모양
지옥의 살쾡이가 겁을 먹었네.
하지만 조심하여라!
이쪽으로 둥실, 저쪽으로 둥실,
오르락내리락하면서　　　　1265
저놈은 필경 빠져나오리라.
너희가 저놈을 도울 수 있다면
그냥 갇혀 있게 내버려두지 말아라!
우리 모두가 여러 가지로
저놈의 신세를 져왔으니까.　　　　1270

파우스트　저런 짐승에 대항하려면
우선 네 개의 주문이 필요하다.

샐러맨더여, 불타올라라.
운디네여, 물결을 일으켜라.
실프여, 사라져라.　　　　1275
코볼트여, 수고해 다오.

이 사 대 원소[15]의
힘과
특성을
알지 못하는 자,　　　　1280

정령을 다스리는
대가라 할 수 없으리라.

불꽃 속으로 사라져라,
샐러맨더여!
한데 모여 콸콸 흘러내려라,　　　　　　　　　1285
운디네여!
별똥별처럼 아름답게 빛나거라,
실프여!
집안일을 돌봐다오,
인쿠부스여! 인쿠부스여!　　　　　　　　　　1290
나타나서 끝을 맺어라.

네 가지 중 어느 하나도
이 짐승 속엔 들어 있지 않구나.
태연히 누워서 조롱하듯 날 바라보다니.
아직 내게서 따끔한 맛을 보지 못했구나.　　　1295
네 이놈, 들어보아라.
보다 강력한 주문을 들려주겠다.

---

15) 세상의 모든 물질은 물, 불, 흙, 바람의 네 원소로 이루어졌으며, 이 원소를 각각 주관하는 정령이 있다는 고대 그리스의 학설이다. 샐러맨더는 불, 운디네는 물, 실프는 바람, 노옴은 흙의 정령으로, 코볼트는 흙의 정령이 변한 것이다.

네놈은 필시

지옥에서 도망쳐 나온 놈이렷다?

그렇다면 이 부적을 보아라.   1300

이 앞에선 지옥의 마귀 떼도

머리를 조아리고 마느니라!

어느새 까칠까칠한 털 곤두세우며 부풀어

   오르는구나.

이 저주받을 놈아!

너 이것을 읽을 수 있겠니?   1305

영원히 존재하는 분,

말로써 다 표현할 수 없는 분,

온 하늘에 가득 넘치시는 분,

무참히 십자가에 못 박힌 분이시다.

난로 뒤에 갇힌 채   1310

놈은 코끼리처럼 부풀어올라

온 방 안을 가득 채우며

안개가 되어 흩어지려고 하는구나.

천장까지 올라갈 것 없다!

이 스승의 발치에 엎드려라!   1315

알겠느냐, 이건 공연한 엄포가 아니다.

신성한 불길로 널 그을려버릴 테다!

세 겹으로 타오르는 불길16)을

기대하진 말아라!

내 술법 중 가장 강력한 것을 1320

기대하지도 말아라!

메피스토펠레스 (안개가 걷히면서 여행하는 학생 차림으로 난
로 뒤에서 나온다.)

왜 이리 소란스럽지요? 무슨 분부라도 있
사옵니까?

파우스트 그렇다면 이것이 바로 삽살개의 정체였군!

여행하는 학생이라? 거참 웃기는군.

메피스토펠레스 소생, 학식 높은 선생님께 인사드립니다! 1325

저로 하여금 어지간히 진땀을 빼게 하시더
군요.

파우스트 자네 이름이 뭔가?

메피스토펠레스   그 질문은 시시한 것 같
은데요.

말(言)이란 걸 그다지도 경멸하시고

일체의 외관을 훨씬 초월해서

본질의 깊은 곳만을 탐구하시는 분으로선
말입니다. 1330

파우스트 너희 같은 부류에 대해선 이름만 들어도

대강은 정체를 짐작할 수 있지.

---

16) 신의 눈이 중앙에 표시된 삼각형의 부적. 삼위일체를 상징한다.

루드비히 페르디난트,
서재에서 처음 만나는 파우스트(오른쪽)와 메피스토펠레스(왼쪽)

파리의 신[17], 파괴자, 사기꾼이란 이름만
　　들어도
그 얼마나 분명하게 알 수 있겠는가?
그건 그렇고, 자넨 대체 누군가?

메피스토펠레스　　　　　　　　　　　　항상 악을 원
　　하면서도　　　　　　　　　　　　　　　　　　　　1335
항상 선을 창조해 내는 힘의 일부분입지요.

파우스트　그 수수께끼 같은 말은 무슨 뜻인가?

메피스토펠레스　소생은 항상 부정(否定)을 일삼는 정령입
　　니다!
생성하는 모든 것은 멸망하게 마련이니
그게 당연한 것 아닐는지요.　　　　　　　　　　　1340
그러니 아예 아무것도 생겨나지 않는 편이
　　낫겠지요.
당신들이 죄라느니, 파괴라느니,
요컨대 악이라고 부르는 모든 것이
제 원래의 본성이랍니다.

파우스트　자네는 자신을 일부라고 하면서, 내 앞에
　　서 있는 건 전부가 아닌가?　　　　　　　　　　1345

메피스토펠레스　조그만 진리를 말씀드려야겠군요.
조그만 바보의 세계를 이룬 인간이

---

17) Fliegengott.『구약성서』「열왕기상」 1장에 나오는 히브리어 바알세불
(Beelzebub)을 독일어로 직역한 것.

스스로를 보통 전체라고 생각하지만─

소생 따위는, 처음에 전체였던 일부분의

　또 일부분이랍니다.

저 빛을 낳은 암흑의 일부분이지요.　　　　　1350

저 오만한 빛은 모체인 밤을 상대로

옛 지위, 즉 공간을 빼앗으려 싸움을 벌였

　지만,

아무리 애를 써봤자, 그건 안 될 일입니다.

빛이란 결국 물체에 달라붙어 있기 때문

　이죠.

빛은 물체에서 흘러나오고 물체를 아름답

　게 하지만,　　　　　　　　　　　　　　1355

물체는 빛의 진로를 가로막지요.

그리하여 제가 바라는 대로, 오래지 않아

물체와 더불어 빛도 멸망하게 될 것입니다.

파우스트 이제야 자네의 고상한 사명을 알겠구먼.

자네가 대규모로는 아무것도 파괴할 수 없

　으니까　　　　　　　　　　　　　　　　1360

이제 조그만 것부터 시작하려는 것이렷다.

메피스토펠레스 물론 많은 일을 해내지는 못했습니다.

무(無)와 맞서고 있는 그 무엇,

이 볼품없는 세계에 대해

벌써 여러 차례 시도해 보았지만,　　　　　1365

도저히 그것을 장악할 수 없더군요.

파도, 폭풍, 지진, 화재 등 온갖 것 다 동원
  해도

결국 바다도 육지도 멀쩡하게 남아 있더라
  고요!

게다가 동물이니 인간이니 하는 빌어먹을
  족속들

도무지 손도 쓰지 못할 만큼 질기더란 말
  입니다!   1370

벌써 얼마나 많은 놈들을 땅에 파묻었던
  가요!

하지만 여전히 새롭고 신선한 피가 순환하
  고 있는 겁니다.

일이 계속 이 지경이니, 정말 미칠 노릇이
  에요!

공기, 물 그리고 땅에서

수많은 새싹이 돋아납니다.   1375

메마른 곳, 축축한 곳, 따뜻한 곳, 심지어
  는 추운 곳에서까지!

만약에 제가 불꽃이라도 잡아두지 못했
  다면,

내세울 만한 것이 하나도 없을 뻔했어요.

파우스트   그래서 자네는 영원히 활동적인

자애로운 창조의 힘에 맞서   1380

그 차가운 악마의 주먹을 내지르는 모양이

지만,

아무리 음흉하게 주먹을 쥐어보았자 헛일
　일걸!

무슨 다른 일을 찾아 시작해 보는 게 어떨까,

괴이한 혼돈의 아들아!

메피스토펠레스 정말 심사숙고할 문제이긴 합니다만,　　　1385

더 자세한 것은 다음번에 이야기하지요.

오늘은 이만 물러가도 되겠지요?

파우스트 왜 그런 질문을 하는지 모르겠군.

이제 자네와 아는 사이가 되었으니

마음이 내키면 언제든지 찾아오게나.　　　1390

여기가 창문, 저쪽이 출입문일세.

굴뚝도 자네에겐 적절한 통로가 될 수 있
　겠지.

메피스토펠레스 한 가지 고백을 하지요! 소생이 나가려는데

조그만 방해물이 하나 가로막고 있어서요.

저기 문지방 위에 붙은 부적의 별[18] 때문
　입지요.　　　1395

파우스트 저 오각형의 별이 자넬 괴롭힌다고?

자, 말해보아라, 지옥의 아들아,

그것이 널 저지한다면, 여기는 어떻게 들어
　왔지?

---

18) der Drudenfuß. 마귀를 쫓는 별모양의 부적.

너 같은 정령이 어떻게 속을 수 있었단 말
이냐?

메피스토펠레스 잘 살펴보십시오. 저것은 옳게 그려져 있지
않습니다.   1400

밖으로 향해 있는 한쪽 모서리가

보시다시피 약간 벌어져 있어요.

파우스트 그것 참 우연히 잘 들어맞았구나!

그렇다면 자네는 내 포로가 되었단 말이지?

이거 우연히도 큰 성공을 거두었네!   1405

메피스토펠레스 삽살개로 뛰어들 땐 미처 살피지 못했는데

이젠 사정이 달라지게 되었군요.

악마는 집 밖으로 나갈 수가 없습니다.

파우스트 하지만 왜 창문을 통해 나가지 않지?

메피스토펠레스 악마와 도깨비들에게도 법칙이 있지요.   1410

꼭 숨어 들어온 곳으로만 나가야 한다는

것입니다.

들어올 땐 자유지만, 나갈 땐 노예가 되는

거지요.

파우스트 지옥에도 법률이 있단 말이지?

그것 참 잘됐군. 그렇다면 너희 같은 존재
하고도

안심하고 계약을 맺을 수 있겠지?   1415

메피스토펠레스 한 번 약속한 것은 믿으셔도 될 겝니다.

그걸 깎아먹는 일도 없을 겝니다.

그러나 그것은 그리 간단치가 않아요.

그런 얘길랑은 다음번에 다시 계속 하십

　　시다.

소생, 간곡히 부탁하거니와　　　　　　　　1420

이번만은 절 좀 놓아주십시오.

파우스트　그렇지만 잠시 더 머물러 있으면서

우선 내게 재미나는 이야기나 들려주게.

메피스토펠레스　지금은 절 보내주세요! 곧 다시 돌아오겠

　　습니다.

그때 원하는 대로 얼마든지 물어주십시오.　1425

파우스트　내가 자넬 잡으려고 덫을 놓은 게 아니었어.

자네 스스로 그물에 걸려든 거지.

악마를 잡았으면 그를 놓치지 말아야겠지!

다음번엔 그렇게 쉽사리 잡히지 않을 테

　　니까.

메피스토펠레스　정 원하신다면, 저도 큰맘 먹고　　　　　1430

여기 남아 친구가 되어드리지요.

한 가지 조건을 단다면,

제 요술을 가지고 심심찮은 시간을 보내자

　　는 겁니다.

파우스트　어디 한번 보고 싶구나. 자네 좋을 대로

　　하게.

다만 요술이 재미있어야 하네!　　　　　1435

메피스토펠레스　친구여! 당신은 이 한 시간 내에

따분했던 한 해보다

더 많은 관능적 쾌락을 얻게 될 것입니다.

귀여운 정령들이 노래하는 것,

그들의 아름다운 형상들이 보여주는 것,   1440

그것들은 한낱 공허한 요술놀이가 아닙니다.

당신의 후각도 기분 좋을 것이요,

당신의 입안엔 달콤한 맛이 감돌 것이요,

당신의 감각은 황홀경에 이를 것입니다.

미리 준비할 것도 없지요.   1445

우리 패거리가 다 모였으니, 자, 모두 시작

　하자꾸나!

정령들　　사라져라, 어두운

　위쪽 천장들아!

　매력적으로, 다정하게

　들여다보아라.   1450

　푸른 창공아!

　검은 구름은 산산이

　흩어져버려라!

　작은 별들 반짝이고,

　부드러운 햇빛   1455

　이 안으로 비쳐든다.

　영혼이 아름다운

　하늘나라 아들들

　흔들흔들 허리 굽히고

두둥실 지나간다.   1460
못내 그리운 마음
그들의 뒤를 따르네.
온갖 복장의
나풀대는 옷자락
들판을 뒤덮는다.   1465
정자를 뒤덮는다.
사랑하는 사람들
곰곰 생각에 잠겨
평생을 언약하는 곳.
즐비한 정자들!   1470
싹트는 덩굴들!
주렁주렁 포도송이
압착기에 눌려
통 속으로 흘러든다.
거품 이는 포도주   1475
시냇물처럼 철철
깨끗하고 고상한
바위 틈새로 졸졸
높다란 산들
뒤에다 두고,   1480
푸르른 언덕
기슭을 감돌아
호수 되어 퍼진다.

새들의 무리

기쁨을 마시고, 1485

태양을 향해 훨훨,

밝게 반짝이는

섬들을 향해 훨훨,

섬들은 물결 위에

둥실 떠 있고, 1490

환호하는 무리의

합창 소리 들려오네.

들판 위에는

춤추는 무리

모두들 집 밖에서 1495

즐기고 있구나.

어떤 이들은

산을 오르고,

어떤 이들은 헤엄쳐

바다를 건너고, 1500

다른 이들은 하늘을 난다.

모두들 삶을 향해

모두들 저 멀리

하늘의 축복

사랑하는 별을 향해. 1505

메피스토펠레스 이 친구 잠이 들었군! 잘했다, 너희 대기의 귀여운 영들아!

열심히 노래 불러 이놈을 잠들게 하였구나!

이 합창에 대해 나는 너희들에게 빚을 졌
노라.

네놈이 악마를 잡으려 하다니, 아직 어림
도 없다!

이자에게 달콤한 꿈의 형상이나 보여주고,   1510

망상의 바닷속에 빠뜨려버려라!

하지만 문지방의 마법을 풀려면

쥐들의 이빨이 필요하겠다.

쥐들을 불러내는 데 오래 주문을 외울 필
요가 없으리라.

벌써 여기서 한 놈이 바스락거리니 곧 내
명령을 듣게 되겠지.   1515

큰 쥐, 생쥐, 파리, 개구리,

빈대와 이의 나리께서 명령하노니,

어서 이리 기어나와서

이 문지방을 갉아버려라.

너희들을 위해 맛좋은 기름을 발라놓았
단다 ―   1520

네가 벌써 오는구나, 어서 뛰어오너라!

당장 일을 시작해라! 내 발을 묶어놓은 뾰
족한 끝은

그 모서리의 맨 앞쪽에 있다.

한 입만 더 갉아라, 그래 이젠 되었다.

그럼, 파우스트여, 우리 다시 만날 때까지

　실컷 꿈이나 꾸게.　　　　　　　　　1525

파우스트　(깨어나면서) 내가 또 한번 속았단 말인가?

줄줄이 나타나던 정령들은 사라졌단 말

　인가?

악마를 만난 것은 한낱 꿈이었으며,

삽살개는 내게서 달아나버린 거란 말인가?

서재

파우스트, 메피스토펠레스

파우스트　누가 문을 두드리는가? 들어오시오! 누가

또 날 괴롭히려는 것일까?　　　　　　1530

메피스토펠레스　납니다.

파우스트　　　들어오라니까!

메피스토펠레스　　　　　　　세 번 말해주셔야죠.

파우스트　들어오시오, 그럼!

메피스토펠레스　　　　　　당신은 내 맘에 드는군요.

우리 서로 사이좋게 지내길 바랍니다.

당신의 시름을 몰아내 드리려고

나, 고상한 귀공자 차림으로 여기에 왔습
니다.   1535
빨간 옷에 금박의 장식을 하고,
사각사각대는 비단 외투를 걸치고,
모자에는 수탉의 깃털
길고 뾰족한 칼도 하나 찼답니다.
요컨대, 당신에게 권하노니   1540
당장 나와 같은 복장을 하시지요.
그러면 모든 속박에서 벗어나
인생이 어떤 건지 체험할 수 있을 겝니다.

파우스트 어떤 옷을 입든 이 비좁은 지상의 삶에서
나는 여전히 고통을 느끼지 않을 수 없으
리라.   1545
그저 놀기만 하기엔 너무 늙었고,
소망 없이 살기엔 너무 젊었다.
세상이 내게 무엇을 줄 수 있단 말인가?
부족해도 참아라! 부족해도 참아라!
이것이 영원한 노래다.   1550
누구의 귓전에든 울리는 그 노래,
우리의 한평생을
시시각각 목쉰 소리로 들려온다.
나는 아침마다 두려운 마음으로 깨어난다.
쓰디쓴 눈물 흘리며 울고 싶어지는 것은,   1555
하루가 다 지나가도록

한 가지도, 단 한 가지 소망도 이루지 못한

　때문이며

모든 쾌락에의 예감조차

집요한 비판으로 감소되고,

가슴속에 약동하는 창조의 열정도　　　　　1560

오만 가지 세상일로 방해받기 때문이다.

밤의 장막이 내려도 나는

불안한 마음으로 자리에 누워야 하노니,

여전히 안식을 얻지 못하고

갖가지 사나운 꿈에 시달리기 때문이다.　　1565

내 가슴속에 살아 있는 신은

내 마음 깊은 곳까지 움직일 수 있지만,

내 모든 힘 위에 군림하는 신은

바깥을 향해선 아무것도 움직일 수가 없다.

그리하여 내겐 존재한다는 것이 짐이 되고,　1570

죽음이 바람직할 뿐, 인생이 역겹구나.

메피스토펠레스 하지만 죽음은 그리 환영받는 손님이 아니

　　더군요.

파우스트 오, 복되리라, 승리의 영광 속에

피 묻은 월계관 머리에 쓰고 죽는 자,

미친 듯 춤추며 돌아간 다음　　　　　　1575

소녀의 품 안에서 죽음을 맞는 자!

오, 나도 저 숭고한 지령의 위력 앞에서

황홀하게, 넋을 잃고 쓰러졌더라면 좋았을

것을!

메피스토펠레스 하지만 누군가는 그날 밤

갈색 물약을 마시지 않더군요.   1580

파우스트 염탐질하는 게 자네 취미인 모양이군.

메피스토펠레스 모든 걸 다 알지는 못해도, 난 제법 아는

게 많습니다.

파우스트 무서운 마음의 혼란으로부터는

귀에 익은 달콤한 음조가 끌어내 주었고,

유년기의 감정이 아직 남아 있는 내 마음은 1585

즐거웠던 그 시절의 여운으로 속였지만,

나는 저주하노라, 내 영혼을

유혹과 속임수로 사로잡아

이 슬픔의 동굴 속에

기만과 감언이설로 잡아놓는 모든 것을!   1590

무엇보다, 우리 정신이 사로잡혀 있는

저 드높은 욕망을 저주하노라!

우리의 감각을 자극하는

현란한 현상을 저주하노라!

꿈속에서 우리를 기만하는   1595

명예니 불멸의 명성이니 하는 거짓을 저주

하노라.

처자식, 종복, 쟁기 등

소유물로서 우리에게 아첨하는 것을 저주

하노라.

황금의 신(神) 맘몬을 저주하노니,

재물을 믿고 갖가지 무모한 행동을 하도록

　충동질하고,　　　　　　　　　　　　　　1600

안일한 쾌락을 누리도록

편한 자리를 마련해 주기 때문이다.

저주하노라, 포도의 향긋한 단물을!

저주하노라, 저 지고한 사랑의 은총을!

저주하노라, 희망을! 그리고 신앙을!　　　1605

저주하노라, 무엇보다도 인내심을!

정령들의 합창　(모습을 보이지 않는다) 슬프다! 슬프다!

　　　그대는 억센 주먹으로

　　　이 아름다운 세계를

　　　파괴했구나.　　　　　　　　　　　1610

　　　세계가 무너진다, 세계가 붕괴된다!

　　　반신(半神)[19]이 세계를 때려부쉈다!

　　　우리는 부서진 조각들을

　　　허무 속으로 나르며

　　　사라진 아름다움을　　　　　　　　1615

　　　못내 한탄하노라.

　　　지상의 아들 중

　　　강력한 그대여

---

19) Halbgott. 파우스트를 가리킨다.

세상을 더 아름답게
다시 세워라.   1620
그대의 가슴속에 일으켜 세워라!
밝은 마음으로
새로운 삶의 행로를
시작하여라.
그러면 새로운 노래   1625
울려 퍼지리라!

메피스토펠레스   저것들은 우리 집안의
조무래기들입니다.
들어보세요, 얼마나 어른스럽게
쾌락과 행위를 권하고 있습니까!   1630
감각과 혈기가 막혀버린
고독감으로부터
넓고 넓은 세상으로
당신을 유혹하려는 것입니다.

독수리처럼 가슴을 쪼아대는   1635
당신의 번뇌를 내보이는 짓을랑 그만두
　십시오.
아무리 하찮은 사람들과 어울리더라도
당신이 인간과 더불어 사는 인간임을
　느낄 겝니다.

그렇다고 당신을 천민들 속에
밀어넣자는 뜻은 아니올시다.　　　　1640
내가 위대한 존재는 아니지만,
당신이 나와 함께 어울려
이 세상에 발을 들여놓을 생각이라면,
나는 기꺼이 순종하면서
당장이라도 당신의 것이 되겠습니다.　　1645
당신의 동반자가 되었다가
마음에 드신다면
하인이건 종이건 무엇이든 되어드리리다!

파우스트　그 대가로 나는 네게 무엇을 해줘야 되지?

메피스토펠레스　그러기엔 아직 오랜 기간의 여유가 있습니
　　　　다만.　　　　　　　　　　　　1650

파우스트　아니야, 아니야! 악마는 이기주의자가 아
　　　　닌가.
　　　　다른 사람에게 이로운 일을
　　　　그렇게 쉽사리 할 리가 없지.
　　　　조건을 분명히 말하도록 하게.
　　　　그런 하인은 집안에 화를 불러들이기 십
　　　　상이지만.　　　　　　　　　　1655

메피스토펠레스　이 세상에선 내가 하인 노릇을 하며
　　　　당신의 지시에 따라 쉬지 않고 일하겠습
　　　　니다.
　　　　그 대신 저 세상에서 다시 만날 땐,

당신이 내게 같은 일을 해주셔야 합니다.

파우스트　저세상 따위는 개의치 않네.　　　　　　　　　1660

자네가 우선 이 세상을 박살내버린다면,

다음에 어떤 세상이 생겨나든 무슨 상관

　　이겠나.

이 땅에서만 나의 기쁨이 샘솟고,

이 태양만이 내 고뇌를 비춰줄 뿐일세.

이것들과 우선 헤어질 수 있다면　　　　　　　　1665

그다음엔 무슨 일이든 될 대로 되라지.

미래에도 증오와 사랑이 존재하는지,

그 세상에도 역시

상하의 구분이 존재하는지,

그런 이야길랑 더 이상 듣고 싶지도 않네.　　1670

메피스토펠레스　그런 생각이라면 모험을 해볼 만합니다.

계약을 하시죠. 그러면 며칠 안에

내 재주를 즐겁게 보실 수 있을 겝니다.

어떤 인간도 구경하지 못한 것을 보여드리

　　겠습니다.

파우스트　자네 같은 가련한 악마가 무얼 보여주겠다

　　는 거지?　　　　　　　　　　　　　　　　1675

고귀한 노력을 경주하는 인간의 정신을

너희들 따위가 이해한 적이·있었느냐?

자네는 물리지 않는 음식이라도 갖고 있단

　　말인가?

수은처럼 끊임없이 손가락 사이로 빠져나
  가는
붉은 금(金)이라도 갖고 있단 말인가?   1680
결코 이길 수 없는 노름이나
내 품 안에 안겨
이웃 남자에게 눈짓으로 약속을 하는 소녀,
혹은 유성처럼 사라져버리는
신의 쾌락 같은 명예를 선사할 수 있단 말
  인가?   1685
따기도 전에 썩는 과일이 있다든지
나날이 새롭게 푸르러가는 나무가 있다면
  보여주게나!

메피스토펠레스 그 정도 주문에는 놀라지 않습니다.
그런 보물쯤은 당장 대령할 수 있습니다.
하지만 친구여, 편안한 가운데   1690
맛있는 음식이나 먹고 싶을 때도 있을 겝
  니다.

파우스트 나, 한가로이 침상에나 누워 뒹군다면
당장 파멸해도 좋으리라!
자네의 감언이설에 속아
자기도취에 빠지거나   1695
관능의 쾌락에 농락당한다면,
그것은 내게 최후의 날이 될 것이다!
자, 내기를 하자!

메피스토펠레스	좋습니다.
파우스트	이건 엄숙한 약속

이다!

내가 순간을 향해

멈추어라! 너 정말 아름답구나!라고 말한

다면,   1700

그땐 자네가 날 결박해도 좋아.

나는 기꺼이 파멸의 길을 걷겠다!

그땐 조종(弔鐘)이 울려도 좋을 것이요,

자넨 내 종살이에서 해방되는 것이다.

시계가 멈추고 바늘이 떨어질 것이며,   1705

나의 시간은 그것으로 끝나게 되리라!

메피스토펠레스 잘 생각하십시오. 우린 그걸 잊지 않을 테
니까요.

파우스트 그 점에 대해선 자네가 모든 권리를 갖도
록 하게나.

나는 결코 경거망동을 한 게 아닐세.

내가 어느 순간에 집착하는 즉시 종이 되
는 거야.   1710

그게 자네의 종이든 누구의 종이든 상관하
지 않겠네.

메피스토펠레스 오늘 당장 박사학위 축하연에서

종으로서의 의무를 다하겠습니다.

다만 한 가지! ─확실한 보증을 위해

한두 줄의 기록을 요청하는 바입니다.   1715

파우스트 증서까지 요구하는 건가, 쩨쩨한 친구 같으
니라고.

자네는 아직 장부일언중천금이란 말도 모
른단 말인가?

내가 한 말이 영원토록

내 일생을 지배하리라는 사실로 충분치
않은가?

세상만사 여러 갈래로 계속 흘러가는데   1720

나, 하나의 약속에 얽매여야 한단 말인가?

그러나 이런 망상은 우리 마음속에 뿌리
박혀서

누구도 쉽사리 벗어날 수 없구나.

신의를 마음속에 깨끗이 지니고 있는 자
는 행복할 것이요,

어떠한 희생에도 후회함이 없으리라!   1725

그러나 문서로 기록해 봉인한 양피지는

누구나 꺼리는 도깨비 같은 것이지.

말은 붓끝에서 이미 생명을 잃고,

봉랍과 가죽끈 따위가 지배권을 행사하는
거야.

악한 정령인 자네는 내게 무얼 바라는 건가? 1730

놋쇠판인가, 대리석인가, 양피지인가, 종이
인가?

철필로 써줄까? 끌로 새겨줄까? 붓으로 써
줄까?

무엇을 택하든 자네가 원하는 대로 해주
겠다.

메피스토펠레스 어찌하여 그리도 열을 올리며

장황한 과장을 늘어놓으십니까?   1735

아무 종이 쪽지라도 좋습니다.

그저 한 방울의 피로 서명만 해주십시오.

파우스트 그래야만 자네의 직성이 풀린다면

어리석은 짓인 줄 알지만 그렇게 해주겠네.

메피스토펠레스 피란 아주 특이한 액체지요.   1740

파우스트 내가 이 계약을 깨뜨릴까 봐 걱정하지는

말게!

내가 온 힘을 다해 노력하는 건

바로 이 약속을 지키는 일일세.

내 비록 고고한 척 으스댔지만

자네 정도의 존재에 불과할 뿐.   1745

저 위대한 정령이 날 물리쳤고,

자연도 내 앞에서 문을 닫아버렸다.

사색의 실마리 끊겨버리고

온갖 지식에 구역질을 느낀 지 이미 오래

도다.

차라리 깊은 관능의 늪에 빠져   1750

이글거리는 열정을 잠재워보자꾸나!

꿰뚫어볼 수 없는 마술의 덮개 속에서
갖가지 요술을 당장 준비하게나!
시간의 여울 속으로, 사건의 소용돌이 속
  으로
우리 한번 뛰어들자꾸나!   1755
거기 고통과 쾌락이
성공과 실의가
멋대로 뒤엉켜와도 좋다.
끊임없이 활동하는 자, 바로 대장부일진대.

메피스토펠레스 당신에겐 어떤 규준도 제한도 정해져 있지
  않소이다.   1760
마음이 내키거든 어디서나 맛을 보시고,
도망 중이라도 무엇이든 낚아채시고,
마음에 드는 건 꼭 손에 넣으십시오.
멍청하게 굴지 말고 반드시 움켜잡으란 말
  씀이에요!

파우스트 다시 말하지만, 쾌락이 문제가 아닐세.   1765
이러한 도취경에 내 몸을 맡기는 것일세.
고통스러운 향락, 사랑에 눈먼 증오, 속이
  후련해지는 분노에.
지식에의 갈망에서 벗어나 나의 마음은
앞으로 어떤 고통도 감수하면서
인류 전체에게 주어진 것을   1770
내 내면의 자아로 음미해 보려네.

내 정신으로 가장 높고 가장 깊은 것을 파
　악하고,
그 기쁨과 슬픔을 내 가슴에 쌓아올리면서
나 자신의 자아를 온 인류의 자아로까지
　확대시키려네.
마침내 인류와 더불어 나 역시 파멸에 이
　르기까지.　　　　　　　　　　　　　　　　1775

메피스토펠레스　오, 나를 믿으십시오. 수천 년 동안
그 딱딱한 음식을 씹고 있는 나를 말입니다.
요람에서 무덤에 이르기까지
어떤 인간도 이 해묵은 효모를 소화해 내
　지 못하지요.
우리 같은 무리의 말을 믿으십시오.　　　　1780
그 천체라는 건 모두 신만을 위해 만들어
　진 것이랍니다!
신 자신은 영원한 광명 속에 존재하며
우리를 어둠 속에 몰아넣고
당신들에게만 낮과 밤을 마련해 준 것입
　니다.

파우스트　그러나, 나는 해보겠다!

메피스토펠레스　　　　　　　　그거 듣기 좋은 말
　입니다!　　　　　　　　　　　　　　　　　1785
하지만 한 가지 염려스러운 게 있으니
인생은 짧고 예술은 길다는 사실이외다.

생각건대 당신은 배우기를 좋아하는 것 같
　　으니
시인과 친분을 맺도록 하십시오.
그로 하여금 뭇 상념 속을 떠돌게 하고는　　1790
온갖 고귀한 특성을
예지에 찬 당신의 머릿속에 쌓아 넣으시지요.
사자의 용맹,
사슴의 민첩성,
이탈리아 사람의 혈기,　　1795
북방인의 끈기 같은 것 말입니다.
또한 그에게 비결을 일러달라고 하십시오.
관대함과 간특함을 겸비하면서
뜨거운 청춘의 충동을 지니고
계획대로 연애나 할 수 있는 비결을 말입
　　니다.　　1800
그런 사람이라면 나도 사귀고 싶은즉
소우주(小宇宙) 선생이라 부르고 싶습니다.

파우스트　내 모든 감관(感管)이 열망하는
인생의 왕관을 쟁취하지 못한다면
나는 대체 무엇이란 말인가?　　1805

메피스토펠레스　당신은 결국—있는 그대로의 당신이지요.
몇백만의 고수머리털로 된 가발을 쓴다 해도,
제아무리 굽 높은 구두를 신는다 해도
당신은 여전히 당신일 따름입니다.

파우스트   나도 그걸 느끼네. 부질없이 나는   1810

인간 정신의 온갖 보화를 긁어모은 꼴일세.

결국 이렇게 주저앉아 있어도

내부에서 아무런 힘도 새로이 솟아나지 않

는군.

털끝만큼도 높아지지 못하고,

한 걸음도 무한한 자에게 다가서지 못했네.   1815

메피스토펠레스   존경하는 선생 양반, 당신은 사물을

세상 사람들과 똑같이 보고 있군요.

삶의 기쁨이 달아나기 전에

우린 좀 더 슬기롭게 행동해야 합니다.

제기랄! 물론 손과 발,   1820

대가리와 궁둥이는 당신의 것이죠.

하지만 내가 새로이 즐기고 있는 모든 게

내 것이 되지 말라는 법이라도 있나요?

가령 내가 여섯 마리의 말값을 치를 수 있

다면

그놈들의 힘은 내 것이 아닐까요?   1825

마치 스물네 개의 다리라도 달린 양

신나게 달릴 수 있는 어엿한 사나이지요.

그러니, 기운을 내십시오! 모든 잡념은 집

어치우고

당장 이 세상으로 함께 뛰어듭시다!

충고하건대, 이리저리 궁리나 하는 놈은   1830

프리드리히 아우구스트 모리츠 레츠시,
서재에서의 파우스트(오른쪽)와 메피스토펠레스(왼쪽)

귀신에 홀려 메마른 황야를 헤매는

짐승과 같은 꼴이지요.

주위엔 아름답고 푸른 풀밭이 널려 있는데

　도 말씀이에요.

파우스트　그럼 어떻게 시작을 한다?

메피스토펠레스　　　　　　　　　　당장 여길 떠납시다.

이런 고문실이 또 어디 있겠습니까?　　　　1835

자신과 학생들까지도 따분하게 만드는 것을

어찌 인생살이라고 할 수 있겠어요?

그런 일을랑 이웃의 뚱보 선생에게 맡겨버

　리세요.

왜 이삭도 없는 짚단을 터느라 고생을 합

　니까?

당신이 알아낸 최고의 진리는　　　　　　　1840

학생 놈들에게도 얘기할 수 없는 형편이지요.

마침 한 녀석이 복도에 나타난 것 같구먼!

파우스트　나는 그 학생을 만날 순 없어.

메피스토펠레스　그 녀석 딱하게도 오랫동안 기다렸는데

위로의 말 한 마디 없이 돌려보낼 수야 없

　지요.　　　　　　　　　　　　　　　　　1845

자, 당신의 옷과 모자를 좀 빌려주시죠.

이런 변장이 내겐 제법 어울릴 겝니다.

　　　　　　　　　　(그는 옷을 갈아입는다)

이제 뒷일은 내 기지에 맡겨두십시오!

한 십오 분 정도면 충분할 테니,

당신은 그동안 멋진 여행준비나 해두시지요. 1850

　　　　　　　　　(파우스트, 퇴장한다)

(파우스트의 긴 옷을 입고) 이성입네 학문입

　　네 하는

인간 최고의 힘을 경멸해 주자.

오로지 요술과 마법을 통해

거짓정령의 원기를 받게 해주자.

그러면 네놈은 틀림없이 내 것이 되고 말걸― 1855

저놈의 운명이 부여받은 정신이란 게

거침없이 앞으로만 내달리는즉,

녀석의 성급한 노력 때문에

지상의 쾌락을 뛰어넘어 버릴 거야.

저놈을 기어이 거친 삶으로,　　　　　　　　1860

그 무미건조한 세계로 끌어넣으리라.

녀석은 필경 아등바등거리며 매어달릴 것

　　이다.

항상 허기진 탐욕의 입술 앞에

진수성찬, 맛좋은 술이 어른거리게 하리라.

녀석은 식욕이 동해 사족을 못 쓰겠지. 1865

그쯤 되면 악마에게 자신을 내맡기지 않는

　　다 해도

결국은 제풀에 파멸하고야 말걸!

한 학생이 등장한다.

학생   저는 바로 얼마 전 이 고장에 왔습니다.

선생님의 높으신 존함을 듣고

한번 뵙고 말씀이라도 듣고자   1870

흠모의 마음을 안고 이렇게 찾아왔습니다.

메피스토펠레스   자네의 정중한 인사를 받으니 반갑네!

보다시피 나도 다른 사람들과 같은 인간

일세.

자넨 이미 여러 곳을 찾아다녔겠지?

학생   선생님, 부탁입니다. 절 받아주십시오!   1875

저는 크나큰 용기를 가지고 찾아왔습니다.

학비도 넉넉하고, 혈기도 왕성합니다.

어머니께선 절 내보내려 하지 않으셨지만,

바깥세상에서 무언가 올바른 것을 배우고

싶습니다.

메피스토펠레스   그렇다면 자넨 올바른 곳을 찾았군.   1880

학생   솔직히 말씀드려, 저는 벌써 이곳을 떠나

고 싶습니다.

이 높은 담장과 썰렁한 강당은

조금도 정이 들 것 같지 않습니다.

아주 비좁은 공간에다

풀 한 포기, 나무 한 그루 보이지 않는군요.   1885

강의실에 들어가 의자에 앉으면

	듣고 보고 생각하는 게 다 흐려질 것 같습니다.
메피스토펠레스	그런 건 다만 습관의 탓일세.
	갓난아이도 엄마의 젖을 보고
	처음부터 즐겨 빨아대는 게 아니야.
	그러나 버릇이 들면 곧 탐욕스레 매달리게 되지.
	그와 같이 자네도 날이 갈수록
	지혜의 젖가슴을 더욱 탐닉하게 될 걸세.
학생	지혜의 목에 매달리고픈 마음 간절합니다만,
	어떻게 거기에 도달할 수 있는지 가르쳐주십시오.
메피스토펠레스	이야기를 더 하기 전에
	자네 무슨 학과를 선택하겠는지 말해보게.
학생	저는 훌륭한 학자가 되는 게 소원입니다.
	지상의 일뿐만 아니라
	천상의 일까지 다 터득하여
	학문과 자연에 통달하고 싶습니다.
메피스토펠레스	그렇다면 자네는 바른길로 찾아들었군.
	하지만 잠시도 방심해선 안 되네.
학생	몸과 마음을 다 바칠 생각입니다.
	하지만 즐거운 여름방학 때는
	약간의 자유를 얻어 무료함을 달랜다면
	분명 기분이 유쾌해지리라 생각합니다만.

1890

1895

1900

1905

메피스토펠레스 시간은 빨리 흐르는 것이니 아껴쓰도록 하
게나.
규칙적인 생활을 하면 시간을 벌게 되지.
충실한 제자인 자네에게 권하노니,   1910
우선 논리학 강의부터 들어보게나.
그러면 자네의 정신이 잘 길이 들 거야.
스페인식 장화를 신은 듯 죄어들어서
사상의 길을 가는 데도 살금살금
신중한 걸음을 내디딜 것이요,   1915
도깨비불처럼 이리저리
헤매고 다니지는 않을 걸세.
다음엔 여러 날에 걸쳐,
먹고 마시듯 자유자재로
단숨에 해치우던 일도   1920
하나! 둘! 셋! 순서가 필요하다는 걸 배우
게 될 거야.
사실 사상의 공장이란 건
뛰어난 직조품과 같은 것이라네.
한 번 밟으면 수많은 실들이 움직이고,
북들이 이리저리 넘나드는 가운데   1925
실들이 눈에 띄지 않게 흘러나오며,
단 한 번을 쳐도 수많은 결합이 이루어지
는 걸세.
철학 교수가 강의실에 들어오면

이것은 이러저러하다고 논증할 걸세.

즉 첫째가 이러하고, 둘째가 이러한즉　　　　1930

셋째와 넷째 역시 이러해야 하리라,

만약 첫째와 둘째가 이러하지 않다면

셋째와 넷째도 결코 이러하지 않으리라.

이런 이론을 학생들은 어디서나 찬양하지만

누구 하나 대가가 되지는 못했다네.　　　　1935

살아 있는 것을 이해하고 기술하려는 자는

우선 정신을 몰아내려고 애쓴단 말이거든.

그리하여 부분들은 손에 넣게 되지만

유감스럽게도 정신적 유대가 결여된단 말
　　씀이야.

화학에서는 이것을 자연의 조작[20]이라고
　　부르지만,　　　　　　　　　　　　1940

스스로를 조롱할 뿐 근본 이치는 모르고
　　있단 말이야.

　　　학생　선생님의 말씀을 잘 이해하지 못하겠습니다.

메피스토펠레스　멀지 않아 더 잘 알아듣게 될 걸세.

자네가 모든 요소들을 환원시켜

적절히 분류하는 법을 터득한다면 말이야.　1945

---

20) Encheiresin naturae. 슈트라스부르크 대학 시절 괴테의 스승이었던 슈
필만(Spielmann) 교수가 사용한 용어. 인간이 기술적으로는 모방할 수 없
는, 자연의 오묘한 유기적 조작이나 형성 방식을 가리킨다.

학생　여러 말씀을 듣노라니 정신이 멍해지는 게
　　　마치 머릿속에서 물레방아가 윙윙 돌아가
　　　　는 것 같습니다.

메피스토펠레스　그다음엔 모든 일에 앞서
　　　형이상학 공부를 시작해야 하네!
　　　그리되면 인간의 두뇌에 적합치 않은 것도　　1950
　　　심오한 의미를 붙여 파악함을 알게 될 거야.
　　　두뇌 속에 용납되든 안 되든
　　　멋진 용어가 마련되어 있거든.
　　　그러나 처음 반년 동안은
　　　모범적인 수강생이 되도록 하게.　　　　　　1955
　　　날마다 다섯 시간씩 강의가 있는데
　　　종소리가 나면 강의실에 들어가야 하네!
　　　예습을 철저히 해둘 뿐 아니라
　　　강의내용도 구구절절 다 새겨두도록 하게나.
　　　그러다 보면 자네도 곧 알게 될 거야.　　　1960
　　　교수들이 책에 씌어 있는 것밖에는 이야기
　　　　할 줄 모른다는 것을.
　　　그래도 필기만은 열심히 해두게.
　　　마치 성스러운 신탁(神託)이라도 받아 적
　　　　듯이!

학생　그야 두말하실 필요가 없으시지요.
　　　그게 얼마나 유용한 일인지 잘 알고 있습
　　　　니다.　　　　　　　　　　　　　　　　1965

흰 종이 위에 까맣게 써놓은 것을

기분 좋게 집으로 가져갈 수 있으니까요.

메피스토펠레스 그런데 무슨 학과를 택할 텐가?

학생 법률학에는 마음이 끌리지 않습니다.

메피스토펠레스 자네 생각을 탓할 수도 없지.   1970

그 학문의 성격을 내가 잘 아니까 말이야.

법이니 권리니 하는 따위는

영원한 질병처럼 계속 유전되는 것이라네.

한 세대에서 다른 세대로 전승되고,

이 지방에서 저 지방으로 슬쩍 옮겨가게

되지.   1975

이성이 불합리로, 선행이 고난으로 변하니

자네가 그 자손으로 태어난 것이 슬프도다.

유감일세! 우리가 타고난 기본권에 대해

아무도 문제 삼는 이 없다니.

학생 선생님 말씀을 들으니 법학이 더욱 싫어지

는군요.   1980

오, 선생님의 가르침을 받는 사람은 얼마

나 행복할까요.

그럼 신학을 공부하는 건 어떨는지요.

메피스토펠레스 난 자네를 그릇된 길로 인도하고 싶지 않네.

그 학문으로 말하자면

그릇된 길을 피하기가 쉽지 않아.   1985

거기엔 숨겨진 독(毒)이 너무 많아서

좋은 약과 구별하기가 무척 어렵다네.

최상의 방법은 한 분의 스승만을 받들어

그 대가의 말씀만을 신봉하는 일일세.

대체로— 말이란 것을 존중하게나!   1990

그러면 자네는 안전한 문을 통하여

확신의 전당으로 들어가는 거야.

학생 하지만 말에는 어떤 개념이 있어야 하지
  않을까요?

메피스토펠레스 그야 물론이지! 그러나 너무 지나치게 걱
  정할 필요는 없네.

왜냐하면, 바로 개념이 결여될 때   1995

말이 제때에 나타나는 법이니까.

말로써 멋진 논쟁을 벌일 수 있고,

말로써 하나의 체계를 세울 수도 있지.

말은 충분히 믿을 수 있는 것이니까

한 마디, 말의 단 한 획도 소홀히 할 수 없
  는 것이네.   2000

학생 여러 질문으로 귀찮게 해드려 죄송합니다만,

한두 가지 더 여쭤볼까 합니다.

의학에 대해서도 확고하게

한 말씀 해주실 수 없겠습니까?

삼 년이란 짧은 세월인데   2005

정말 그 분야는 너무 광범위해서 말입니다.

방향만이라도 암시받을 수 있다면

훨씬 더 쉽사리 더듬어갈 듯싶습니다만.

메피스토펠레스 (혼잣말로) 이젠 이 따위 무미건조한 말투
에 진저리가 나는군.

다시 악마 노릇을 제대로 해야겠는걸.　　2010

(큰소리로) 의학의 정신을 터득하기란 쉬운
일이지.

대세계와 소세계를 두루 연구하고,

결국은 신의 뜻대로

되어가는 대로 내버려두는 거지.

자네가 학문을 한답시고 싸돌아다녀도 별
수 없는 일　　2015

누구든 배울 수 있는 것만을 배울 뿐이라네.

그러나 기회를 포착하는 자야말로

진정한 남자라고 할 수 있지.

자네는 제법 체격이 당당하고

배짱 또한 부족한 것 같지 않으니,　　2020

자네 스스로 자신감만 갖는다면

다른 사람들도 자네를 믿게 될 걸세.

특히 여자 다루는 법을 배워두게나.

계집들이란 줄곧 아프다, 괴롭다,

각양각색으로 하소연을 하지만　　2025

딱 한 군데만 치료하면 낫게 돼 있은즉

자네가 웬만큼 성실하게만 군다면

계집이란 계집은 몽땅 수중에 넣을 수 있

다네.

무엇보다 학위를 하나 따내어

자네의 의술이 어떤 기술보다 뛰어남을 믿

게 해야 하네.   2030

다른 사람들이 수년 동안 겉만 쓰다듬던

온갖 소중한 부위를

환영하는 기분으로 주물러대게나.

맥을 짚는 법도 잘 배워야 하네.

그러고는 이글대는 눈길을 능청스레 던지

면서

얼마나 팽팽히 죄었는지 알아보겠다는 듯   2035

날씬한 허리를 마음껏 잡아보는 거지.

학생   훨씬 알아듣기 쉽군요. 어디를 어떻게 해

야 할지 알겠습니다.

메피스토펠레스   여보게, 이론이란 모두 회색빛일세.

푸른 건 인생의 황금나무지.

학생   솔직히 말씀드려, 저는 지금 꿈속을 헤매

는 것 같습니다.   2040

다시 한번 찾아뵙고

선생님의 지혜를 경청해도 될는지요?

메피스토펠레스   내가 할 수 있는 일이라면 기꺼이 도와주

겠네.

학생   이대로 그냥 돌아갈 순 없습니다.

바라옵건대 저의 기념첩[21]에   2045

호의의 표시로 한 마디 적어주십시오!

메피스토펠레스 좋아, 그렇게 하지. (글을 쓴 후 건네준다)

학생 (읽는다)

〈너희들, 신과 같이 되어 선과 악을 알게
되리라.〉[22]

기념첩을 공손히 접고 작별인사를 한다.

메피스토펠레스 옛 말씀과 나의 아주머니인 뱀의 지시를
따르라.

언젠가는 신을 닮았다는 사실이 두려워지
리라!   2050

파우스트, 등장한다.

파우스트 이제 어디로 갈 건가?

메피스토펠레스   당신이 원하는 곳으로.

처음엔 조그만 세계를, 다음엔 큰 세계를
보기로 합시다.[23]

---

21) Stammbuch. 괴테 시대의 풍습으로, 학생들은 고명한 사람의 명언이나
서명을 기념첩에 받아두었다.

22) Eritis sicut Deus scientes bonum et malum. 라틴어로 된 『구약성서』
「창세기」(3장 5절)의 말.

이 과정을 공짜로 두루 섭렵할 수 있다는 건
참으로 즐겁고 유익한 일이 아니겠습니까!

파우스트   나의 긴 수염 때문에라도   2055
그렇게 경박한 생활 태도를 취할 수 있을까.
이 시도는 아무래도 성공할 것 같지 않구먼.
나는 한 번도 세상과 어울리질 못했다네.
다른 사람들 앞에만 서면 왜소하게 느껴
　지니,
언제나 당황하게 마련일걸.   2060

메피스토펠레스   이봐요, 그런 건 다 어떻게든 되어갈 거외다.
자신만 가진다면 사는 건 문제가 아니지요.

파우스트   그런데 이 집에선 어떻게 빠져나가지?
말과 하인과 마차는 어디에 있는가?

메피스토펠레스   이 외투를 펼치기만 하면   2065
그것이 우리를 공중으로 날라다 줄 것입
　니다.
이 대담한 발걸음을 내딛는 마당에
커다란 짐을랑 가져가지 마십시오.
내가 마련하는 약간의 불바람이
우리를 날쌔게 지상에서 들어올려 줄 것입
　니다.   2070

---

23) 작은 세계(die kleine Welt)는 시민사회(1부의 배경), 큰 세계(die große Welt)는 궁정사회(2부의 배경)를 가리킨다.

우리 몸이 가벼우면 더 빨리 오르겠지요.

그럼, 당신의 새로운 인생행로에 축하를 보

내는 바입니다!

라이프치히의 아우어바흐 지하 술집

유쾌한 패거리의 술좌석

프로슈 아무도 안 마시나? 웃는 놈도 없어?

진짜 인상 쓰는 법을 가르쳐줄까!

전에는 늘 활활 타오르던 놈들이   2075

오늘은 어째 푹 젖어버린 지푸라기 꼴이냐.

브란더 그건 너 때문이야. 네놈이 아무것도 벌여

놓지 않으니까.

바보짓도, 추잡한 장난도 안 하니까 말이다.

프로슈 (브란더의 머리에 포도주를 부으며) 자, 두 가

지를 다 해주지!

브란더   이 돼지 같은 놈아!

프로슈 네놈이 원해서 했는데 왜 그래!   2080

지벨 싸우는 놈들은 밖으로 나가!

가슴을 펴고 룬다[24]를 불러라, 술을 퍼마

---

24) runda! 옛날 술 마실 때 외치던 소리로 "쭉 들이켜라!"라는 뜻.

시고 소리를 질러라!

일어나라! 홀라! 호!

알트마이어 아이고, 정신 없어!

숨 좀 가져와! 저 녀석 때문에 귀청 터지

겠다.

지벨 천장에 메아리칠 정도가 되어야 2085

진짜 베이스의 위력을 알게 될걸.

프로슈 옳거니, 불만이 있는 놈은 밖으로 꺼지라고.

아! 타라 라라 다!

알트마이어 아! 타라 라라 다!

프로슈 이제 목청이 맞는구나.

(노래 부른다)

사랑하는 신성로마제국이여, 2090

어찌 아직도 합쳐져 있는고?

브란더 거지 같은 노래다! 쳇! 정치적인 노래야!

지겨운 노래지! 매일 아침 하느님께 감사

나 드려라.

네놈들이 로마제국을 걱정할 필요가 없으

니 말이다!

나는 황제나 재상이 되지 않은 것을 2095

적어도 다행스럽게 생각한다.

하지만 우리에게 대장이 없어선 안 되겠지.

우리도 교황을 한 명 뽑기로 하자.

너희들 알겠지, 어떤 자질을 가진 자가

결정되어 추대되는지를.　　　　　　　2100

프로슈　(노래 부른다)

훨훨, 날아라, 아름다운 꾀꼬리야,

나의 임에게 천번 만번 안부 전해다오.

지벨　임에게 웬 놈의 인사! 에이, 듣기 싫어!

프로슈　임에게 안부와 키스를 전해다오! 날 방해

하지 말아라!

(노래 부른다)

빗장을 열어라! 고요한 밤에　　　　2105

빗장을 열어라! 임이 깨어나신다.

빗장을 닫아라! 아침 일찍.

지벨　그래, 불러라 불러, 그년을 자랑하고 찬양

하려무나!

언젠가는 내가 비웃어줄 때가 올 게다.

그년이 날 속였거니와, 너도 그 꼴을 당하

리라.　　　　　　　　　　　　　　2110

그년의 서방감으론 도깨비가 제격이지!

그놈은 네거리에서도 그 계집을 희롱할걸.

그러면 브로켄산에서 돌아오는 늙은 염소가

저녁 인사를 하면서 달려가겠지!

양반 가문의 참한 총각이라면　　　　2115

그런 갈보년에겐 어울리질 않아.

안부 인사는 고사하고

그년 집 창문에 돌팔매질이나 하고 싶다.

브란더 (탁자를 두드리며) 잠깐! 잠깐! 내 말 좀 들

어보게나!

여보게들, 솔직히 말해서, 나도 세상 물정

은 좀 안다네. 2120

여기 사랑에 빠진 친구들이 앉아 있으니

저녁 인사 겸 신분에 걸맞게

무언가 그럴듯한 걸 대접해 드려야지.

주목하게! 아주 새로운 노래라네!

후렴은 다 같이 힘차게 부르자고! 2125

(노래한다)

지하실 쥐구멍에 쥐가 한 마리

기름과 버터만 먹고 살았네.

올챙이배 볼록 튀어나온 게

영락없이 닮았구나, 루터 박사님.

식모가 놔둔 쥐약을 먹고 2130

세상이 온통 답답해졌네.

마치 상사병이라도 걸린 놈 모양.

합창 (환성을 지르며) 마치 상사병이라도 걸린 놈

모양.

브란더 그 쥐는 이리 뛰고 저리 뛰면서

	시궁창마다 코를 박고 물을 마셨지.	2135
	온 집 안을 갉아대고 할퀴어대고	
	온갖 발악을 다 했지만 소용없었네.	
	두려움에 팔딱팔딱 뛰기도 하며	
	불쌍한 쥐새끼 지쳐버렸네.	
	마치 상사병이라도 걸린 놈 모양.	2140

합창   마치 상사병이라도 걸린 놈 모양.

브란더   그 쥐는 밝은 대낮이 무서워
                부엌 안으로 달려들었네.
                부뚜막 옆에 쓰러져 바둥바둥
                가련하게도 숨이 할딱할딱   2145
                쥐약 놓은 식모년 깔깔대며 하는 말,
                아하! 요것이 바로 숨 넘어가는 소리구나.
                마치 상사병이라도 걸린 놈 모양.

합창   마치 상사병이라도 걸린 놈 모양.

지벨   저 속물들 희희낙락하는 꼴이라니!   2150
                불쌍한 쥐새끼에게 쥐약이나 뿌리는 게
                고작 네놈들의 재주더냐!

브란더   쥐새끼를 꽤나 귀여워하시는 모양이군.

알트마이어   저 대머리 까진 뚱보 녀석
                실연당하더니 얌전해졌구나.   2155

툉툉 부어오른 쥐새끼를 보고
자신과 꼭 닮은꼴이라고 생각한 모양이지.

파우스트와 메피스토펠레스 등장한다.

메피스토펠레스 이제 무엇보다도 당신을
유쾌한 패거리에게로 데려가야겠습니다.
저들이 얼마나 쉽게 살아가는지 볼 수 있
　도록 말입니다.　　　　　　　　　　　2160
여기 모인 무리에겐 하루하루가 잔칫날이
　지요.
머리는 나빠도 잔뜩 흥에 겨워
제 꼬리를 물고 도는 고양이 새끼처럼
모두가 좁은 원을 그리며 춤을 추지요.
골통만 아프지 않고　　　　　　　　　2165
술집 주인이 외상술만 계속 준다면
아무 걱정 없이 만족스레 살아가지요.
브란더 저 친구들 여행 중인 모양이지.
괴상한 차림새만 봐도 알 수 있거든.
여기 도착한 지 한 시간도 채 안 되나 봐.　2170
프로슈 그래, 자네 말이 옳아! 우리의 라이프치히
　는 멋진 곳이지!
작은 파리라고 할 만해. 사람들도 세련돼
　있고.

지벨　저 낯선 친구들 뭐 하는 놈들 같은가?

프로슈　내게 맡겨주게! 술 한잔 가득 먹여놓고

　　　어린아이 이빨 뽑듯이　　　　　　　　　2175

　　　녀석들의 정체를 알아내겠네.

　　　시건방진데다 잔뜩 불만스러운 상통을 짓

　　　　고 있는 게

　　　제법 양반티가 나는데 그래.

브란더　사기꾼들임에 틀림없어. 내기를 걸겠다!

알트마이어　그럴지도 몰라.

프로슈　　　　가만있어. 내가 손 좀 봐줄 테니까!　2180

메피스토펠레스　(파우스트에게) 이 녀석들 도대체 악마도

　　　몰라보는군요.

　　　악마에게 목덜미를 잡혀도 매한가지일 테

　　　지요.

파우스트　안녕하십니까, 여러분!

지벨　　　　　　　인사 말씀 고맙소.

　　　(메피스토펠레스를 옆에서 바라보면서 나지막

　　　하게)

　　　저 녀석은 왼쪽 다리를 절고 있잖아?[25]

메피스토펠레스　여러분과 합석해도 되겠습니까?　　　2185

　　　맛 좋은 술은 없는 것 같으니,

　　　함께 어울려 즐겁게 지내봅시다.

---

25) 악마의 왼발은 말의 발굽이라는 전설이 있다.

알트마이어 당신들 꽤 고급으로 노시는 모양이오.

프로슈 보아하니 느지막이 리파흐를 떠난 것 같은데
거기에서 한스 녀석[26]하고 저녁 식사라도
즐겼소?   2190

메피스토펠레스 오늘은 그 친구 집엘 들르지 못했죠.
지난번에 만났을 땐
사촌들 얘길 많이 합디다.
여러분을 만나거든 안부나 전해달라고 하
더군요.

프로슈를 향해 허리를 굽힌다.

알트마이어 (나지막하게) 한 방 먹었구나! 제법인데!

지벨   능청스
러운 녀석이군!   2195

프로슈 어디 두고 봐, 이 녀석 찍소리도 못 하게 해
줄 테니!

메피스토펠레스 제가 잘못 듣지 않았다면,
멋진 음성으로 합창을 하지 않았던가요?
틀림없이 여기에선 노랫소리가
둥근 천장 위로 기막히게 울리겠군요!   2200

---

26) 리파흐(Rippach)의 한스. 리파흐는 라이프치히 근교의 마을 이름. 라이
프치히 사람들은 우둔한 시골 사람을 일컬어 '리파흐의 한스'라고 한다.

프로슈　당신은 노래의 명수인 모양이구려.

메피스토펠레스　오, 아니올시다! 재주는 없지만 열정은 대
　　　　　　단합니다.

알트마이어　한 곡 불러보시오!

메피스토펠레스　　　　　　　　원하신다면 얼마든지.

지벨　단 최신유행곡이어야 하오.

메피스토펠레스　우린 막 스페인에서 돌아오는 길이외다.　　2205
　　　　　　술과 노래가 기막힌, 아름다운 나라에서
　　　　　　말입니다.
　　　　　　(노래한다)
　　　　　　　옛날 옛적에 어느 임금님
　　　　　　　커다란 벼룩 한 마리 길렀다네.

프로슈　들어봐! 벼룩이래! 잘 알아들었냐?
　　　　거참 깨끗한 손님이구먼.　　　　　　　　　2210

메피스토펠레스　(노래한다)
　　　　　　　옛날 옛적에 어느 임금님
　　　　　　　커다란 벼룩 한 마리 길렀다네.
　　　　　　　마치 자기의 친아들처럼
　　　　　　　여간 사랑하지 않았더라네.
　　　　　　　임금님 명하시어 재단사를 부르니　　2215
　　　　　　　전속 재단사 즉시 대령했네.
　　　　　　　자, 도련님의 옷을 재단하여라.

바지의 치수도 잘 재어라!

브란더 잊지 말고 재단사에게 일러두어라
한 치도 틀림없이 재단을 하라.   2220
모가지가 붙어 있길 바라거든
바지에 구김살이 없도록 하라!

메피스토펠레스 벨벳에 비단으로 지은 옷
도련님 멋지게 차려입었네.
갖가지 리본으로 장식을 하고   2225
가슴 위에는 멋진 십자가
당장 재상으로 임명되었고
큼직한 훈장까지 받았더란다.
자연 벼룩의 형제자매들
궁중의 높은 벼슬 차지했것다.   2230
지독히 고통을 겪은 건
궁중의 귀족과 귀부인님들.
왕비님과 시녀들까지도
온통 따끔따끔 물어뜯겼네.
그렇다고 으깨어 죽이지도 못하고   2235
가렵다고 긁지도 못했다네.
우리야 벼룩이 물기만 하면
당장 으깨어 요절을 내련만.

합창	(환호하면서) 우리야 벼룩이 물기만 하면
	당장 으깨어 요절을 내련만. 2240

프로슈	브라보! 브라보! 정말 멋졌어!
지벨	벼룩이란 놈들은 모두 그렇게 처치해야 돼.
브란더	손가락을 겨냥해서 재치 있게 잡아야지!
알트마이어	자유 만세! 술 만세!
메피스토펠레스	이 술이 조금만 더 좋았다면, 2245
	나도 한 잔 들면서 자유를 위해 건배하련만.
지벨	그따위 소리 다시 듣고 싶지 않아!
메피스토펠레스	술집 주인이 투덜댈까 걱정이지만,
	제가 귀하신 여러 손님들에게
	우리 지하실의 최고급주를 대접하고 싶소만. 2250
지벨	가져오기만 하시오! 그 책임은 내가 질 테니.
프로슈	좋은 술 한 잔만 내면 당신들을 찬양해 주
	리다.
	하지만 감질나게 맛만 보여선 안 되오.
	술맛을 감정하려면
	한입 가득 퍼넣어야 되니까. 2255
알트마이어	(나지막하게) 그러고 보니 저놈들 라인 지
	방에서 온 것 같은데.
메피스토펠레스	송곳이나 하나 갖다주구려!
브란더	그걸로 뭘 하려고?
	설마 문밖에 술통을 갖다놓은 건 아닐 테지?

알트마이어 뒤편에 주인집 연장통이 놓여 있소.

메피스토펠레스 (송곳을 들고 프로슈에게) 자, 어떤 술을 원
하는지 말해보시오.   2260

프로슈 그게 무슨 소리오? 그렇게 여러 가지 술이
있단 말이오?

메피스토펠레스 각자 원하는 대로 드리리다.

알트마이어 (프로슈에게) 아이고! 이 친구 벌써 입맛을
다시기 시작하는군.

프로슈 좋소! 나보고 고르라면, 라인 포도주로 하
겠소.
우리 조국이 선사하는 최고의 선물이니까
말이오.   2265

메피스토펠레스 (프로슈가 앉은 식탁의 가장자리에 구멍을 뚫
는다)
마개를 만들도록 밀랍을 좀 가져오시오!

알트마이어 아하, 이건 바로 요술이구나.

메피스토펠레스 (브란더에게) 당신은?

브란더   난 샴페인으로 하겠소.
거품이 잘 이는 것으로 말이오!

메피스토펠레스 (구멍을 뚫는다. 그동안 한 사람이 밀랍으로 마
개를 만들어 구멍을 막는다.)

브란더 외국산이라고 늘 마다할 필요는 없지.   2270
훌륭한 것은 흔히 아주 먼 곳에 있나니.
진정한 독일인이라면 프랑스 놈들을 싫어

하겠지만,

프랑스산 포도주만은 즐겨 마신단 말이야.

지벨 (메피스토펠레스가 그의 좌석으로 다가가자)

솔직히 말해 난 신 것을 좋아하지 않아요.

진짜 달콤한 것으로 한 잔 주시오!　　　　2275

메피스토펠레스 (구멍을 뚫는다) 당장 토카이주가 흘러나올

것입니다.

알트마이어 아니 이보시오, 내 얼굴을 좀 쳐다보시오!

당신은 그저 우리를 놀리려고 하는 것 같

은데.

메피스토펠레스 원, 천만의 말씀을! 여러분처럼 점잖은 손

님들을

감히 우롱할 수 있겠습니까?　　　　2280

자, 빨리! 서슴지 말고 말씀하세요!

어떤 술을 대령해 드릴까요?

알트마이어 아무거나 좋소! 이제 그만 물어보고.

메피스토펠레스, 구멍을 모두 뚫고 마개로 막는다.

메피스토펠레스 (이상한 몸짓을 하며)

포도송이는 포도나무에.

염소에겐 두 개의 뿔.　　　　2285

포도는 액체, 덩굴은 나무.

나무 탁자에서 포도주 나지 말란 법 있나.

자연을 투시하는 심오한 눈초리!

여기 기적이 일어나니 믿을지어다!

자, 이제 마개를 뽑고 실컷 마셔보시오!　　2290

마개를 뽑으니 원하는 술이 각자의 술잔으로 흘러든다.

　　모두들　오, 희한한 샘물이 흘러나오네!

메피스토펠레스　단 한 방울도 흘리지 않도록 조심하시오!

모두들 계속해서 마셔댄다.

　　모두들　(노래한다)

　　　　　　이거 정말 유쾌하고 신나는데.

　　　　　　꿀돼지 오백 마리쯤은 모인 것 같구나!

메피스토펠레스　백성들은 이렇게 자유롭지요. 보세요, 얼

　　　　　　마나 즐거운가를!　　2295

　　파우스트　이제 그만 떠나고 싶군.

메피스토펠레스　잠깐만 주목해 보십시오.

　　　　　　저들의 야수성이 여지없이 드러날 테니까요.

　　　지벨　(조심하지 않고 마시다가 바닥에 술을 흘린다.

　　　　　　그러자 불길이 오른다)

　　　　　　사람 살려! 불이야! 지옥불이 탄다!

메피스토펠레스　(불꽃을 향해 주문을 외운다)

　　　　　　진정하라, 친애하는 원소여!　　2300

(동석한 사람들에게)

이번 것은 한 방울 연옥의 불에 불과했소
이다.

지벨 이게 무슨 짓이지? 가만 있어! 네놈들 혼
꾸멍이 좀 나야겠다!

아무래도 우릴 잘못 본 것 같아.

프로슈 두 번 다시 이런 짓을 해봐라!

알트마이어 내 생각엔 저놈들을 조용히 돌려보내는
게 좋겠는데.   2305

지벨 이봐, 뭐야? 여기에서 감히
같잖은 요술이라도 부리겠다는 거야?

메피스토펠레스 닥쳐라, 이 늙은 술고래야!

지벨   이 빗자루 같은 놈이!
우리와 한판 붙어보겠다는 거냐?

브란더 기다려, 내 주먹 맛을 좀 보여줄 테니!   2310

알트마이어 (식탁에서 마개 하나를 뽑자 불길이 솟아오른다)
나 타죽는다! 타죽어!

지벨   이건 마술이다!
찔러 죽여라! 저런 놈은 죽여도 돼!

그들은 칼을 빼들고 메피스토펠레스에게 달려든다.

메피스토펠레스 (엄숙한 몸짓으로) 거짓 형상과 말(言)이여,
의미와 장소를 바꾸라!

여기에도 있고 저기에도 있으라!　　　　　　　2315

모두 놀란 표정으로 서로를 쳐다본다.

알트마이어　내가 어디 있는 거지? 정말 아름다운 곳이
　　　　　　　구나!
　프로슈　포도밭이다! 이게 진짜인가?
　　지벨　　　　　　　　　　　　포도송이가 바로
　　　　　손에 잡히는군!
　브란더　이 푸른 잎사귀 아래
　　　　　이 덩굴 좀 봐! 이 포도송이 좀 봐!

　　　　　그는 지벨의 코를 잡는다.
다른 사람들도 각각 상대방의 코를 잡고 칼을 쳐든다.

메피스토펠레스　(전과 같은 몸짓으로)
　　　　　미혹이여, 눈의 속박을 풀어주어라!　　　2320
　　　　　이놈들, 악마의 장난이 어떤 건지 기억해
　　　　　둬라.

파우스트와 함께 사라진다. 각자 상대의 코를 놓고 물러난다.

　　지벨　어떻게 된 거야?
　알트마이어　　　　　　　어�떤 일이지?

152

프로슈	이게 자네의 코였나?
브란더	(지벨에게) 자네 코는 내가 잡고 있었군!
알트마이어	한 방 먹었어. 사지가 후들거리는데.
	의자 좀 주게나, 쓰러질 것 같아! 　　　　　2325
프로슈	말 좀 해보게. 도대체 어찌 된 거야?
지벨	이놈 어디 갔지? 잡기만 해봐라.
	절대 살려두지 않을 테다!
알트마이어	난 그놈이 술집 밖으로 나가는 걸 봤어 ─
	술통을 타고 가더군 ─ 　　　　　　　　　2330
	내 다리가 납덩이처럼 무겁구나.
	(식탁 쪽으로 몸을 돌리며)
	내 포도주! 아직도 술이 쏟아져 나올까?
지벨	몽땅 사기였네. 거짓과 환상이었어.
프로슈	난 정말 술을 마신 기분인걸.
브란더	한데 그 포도송이는 웬 거였지? 　　　　2335
알트마이어	이래도 기적을 믿어선 안 된다고 말할 수
	있을까?

마녀의 부엌

낮은 아궁이에 불이 피어오르고 그 위에 커다란 솥이 걸려
있다. 허공으로 피어오르는 김 속에 여러 형상이 나타난다. 암
컷 긴 꼬리원숭이 한 마리가 가마솥 옆에 앉아 거품을 걷어내

며 솥이 넘치지 않도록 지키고 있다. 수컷은 새끼들과 그 옆에
앉아 불을 쬐고 있다. 벽과 천장을 장식하고 있는 것은 마녀의
기이한 세간살이다.

파우스트와 메피스토펠레스

파우스트　이 미치광이 짓 같은 마술이 역겹구나!
　　　　　내가 이 광란의 소용돌이 속에서
　　　　　치유될 수 있다고 장담하는 건가?
　　　　　한 노파의 조언을 들어야 한다고?　　　　　　　2340
　　　　　그리고 이 더러운 국물이
　　　　　내 몸을 삼십 년이나 젊게 해준다고?
　　　　　자네가 더 나은 방법을 모른다니, 슬픈 일
　　　　　　이다!
　　　　　이미 내게서 희망은 사라졌다.
　　　　　자연도, 고귀한 정령도　　　　　　　　　　　　2345
　　　　　이렇다 할 영약을 찾아내지 못했단 말인가?
메피스토펠레스　여봐요, 또 잘난 소리를 늘어놓는구려!
　　　　　당신을 젊게 만드는 데는 자연요법도 있지요.
　　　　　하지만 그건 다른 책에나 적혀 있어요.
　　　　　퍽 희한한 내용이지요.　　　　　　　　　　　2350
파우스트　나는 그걸 알아야겠네.
메피스토펠레스　좋아요! 그건 돈도 안 들고
　　　　　의사도 마술도 필요 없는 요법이니까.

지금 당장 들로 나가서 밭 갈고 땅 파는 일
  을 시작하세요.

당신의 몸과 마음을 2355

아주 제한된 범위 속에 보존하시고

자연식으로 몸보신을 하십시오.

가축들과 더불어 살며, 추수한 밭에

몸소 거름을 준다고 창피하게 여기지 마세요.

그것이야말로 가장 믿을 만한 방법이니 2360

팔십 고령에도 젊음을 간직할 수 있을 겝
  니다!

파우스트 그런 일에는 익숙지 않을 뿐 아니라

괭이를 손에 들고 싶지도 않네.

그런 답답한 생활은 내게 어울리지 않는걸.

메피스토펠레스 그렇다면 마녀의 신세를 질 수밖에요. 2365

파우스트 하필이면 늙은 할망구란 말인가!

자네가 그 물약을 조제할 순 없나?

메피스토펠레스 그거야말로 시간 낭비지요!

그럴 여유가 있으면 다리나 많이 놓겠소이다.

영약을 만드는 데는 기술과 학문뿐만 아니라 2370

인내심 또한 필요하지요.

차분한 정신으로 몇 해고 이 일에 매달려
  야 하니까요.

시간만이 이 섬세한 발효를 강화시켜 준답
  니다.

이 작업에 쓰이는 모든 것이

아주 기이한 물건들이에요! 2375

악마가 가르쳐주긴 했지만

악마 혼자서는 조제할 수가 없어요.

(짐승들을 바라보면서)

보세요, 얼마나 귀여운 녀석들입니까!

이놈은 하녀요, 저놈은 머슴이지요.

(짐승들에게)

아줌마는 집에 없는 모양이구나? 2380

짐승들　　굴뚝 밖으로

집을 나가

잔칫집에 갔죠!

메피스토펠레스　보통 얼마나 쏘다니는데?

짐승들　우리가 앞발을 쬐고 있는 동안이오. 2385

메피스토펠레스　(파우스트에게) 저 귀여운 짐승들이 어떤가요?

파우스트　저렇듯 흉측한 놈들은 생전 처음이다!

메피스토펠레스　아니에요. 지금의 이 대화가

내가 가장 즐겨하는 것이랍니다!

(짐승들에게)

내게 말하렴, 저주받은 꼭두각시들아, 2390

너희들이 휘젓고 있는 그 죽이 뭐냐?

짐승들　거지들에게 줄 묽은 죽을 쑤고 있죠.

메피스토펠레스　그렇다면 손님들이 엄청 많겠구나.

수원숭이　(옆으로 다가와서 메피스토펠레스에게 아첨을

떤다)

자, 어서 주사위를 던져

날 부자로 만들어줘요. 2395

날 이기도록 해주세요!

내 신세가 말이 아녜요.

나도 돈만 있으면

제정신을 차릴 텐데요.

메피스토펠레스 원숭이도 복권[27]에 돈을 걸 수만 있다면, 2400

얼마나 우쭐대며 좋아할까?

그동안 새끼 원숭이들이 큰 공을 가지고 놀다가

그걸 굴리며 다가온다.

수원숭이 이것이 세계다.

올라갔다 내려갔다.

끊임없이 굴러간다.

유리처럼 울리다가— 2405

깨지기도 잘한다네!

속은 텅 비었구나.

이쪽에서 반짝이면

저쪽에선 더욱 반짝,

나는 살아 있다! 2410

---

27) 당시에 복권 내기(Lotteriespiel)가 갑자기 유행했다.

사랑하는 내 아들아

저만치 비켜서라!

자칫하면 죽게 된다!

이 공은 점토로 빚었으니

부서지면 산산 조각난단다.   2415

메피스토펠레스   저 체[28]는 무엇에 쓰는 거지?

　　수원숭이   (체를 집어 내리며)

당신이 도둑이라면

이걸로 당장 알아내지요.

(암원숭이에게 달려가 체를 들여다보게 한다)

체를 통해 살펴보아라!

도둑놈[29]이 누군지 알겠는데   2420

이름을 밝힐 수 없다고?

메피스토펠레스   (불 쪽으로 다가서며) 그럼 이 냄비는?

수원숭이와 암원숭이   이 멍청한 바보!

냄비도 모르고,

가마솥도 모른다네!   2425

메피스토펠레스   버르장머리 없는 놈 같으니라고!

　　수원숭이   이 털이개를 들고

의자에 앉으시죠!

---

28) 범행 현장에서 체를 통해 보면 도둑을 잡을 수 있다는 미신이 있다.

29) 파우스트의 영혼을 도둑질하려는 메피스토펠레스를 빗대어 표현한 말.

메피스토펠레스를 억지로 앉힌다.

파우스트 (그동안 거울 앞에 서서 앞으로 다가섰다, 뒤
　　　　　로 물러섰다 하면서)

　　　　　저게 뭐지? 웬 하늘의 선녀가

　　　　　마술의 거울에 나타난단 말이냐!　　　　　　　2430

　　　　　오, 사랑이여, 너의 가장 빠른 날개를 빌려
　　　　　　다오!

　　　　　그리고 그녀가 있는 곳으로 데려가 다오!

　　　　　아! 내가 자리를 바꿔

　　　　　여인에게 다가가면

　　　　　그 모습은 안개 속인 양 아련히 보인다! ─　2435

　　　　　아름답기 짝이 없는 여인의 모습!

　　　　　이럴 수 있을까? 여자란 저토록 아름다운
　　　　　　것일까?

　　　　　이 늘씬하게 뻗은 육체 속에서

　　　　　하늘의 온갖 정수(精髓)를 보게 되는구나.

　　　　　저런 것이 지상에도 있을까?　　　　　　　　2440

메피스토펠레스 물론이지요. 신이 엿새나 고생을 하고

　　　　　마침내 스스로 쾌재를 불렀으니,

　　　　　근사한 무엇이 생겼겠지요.

　　　　　이번엔 눈요기나 실컷 해두시구려.

　　　　　저렇듯 귀여운 계집을 물색해 보리다.　　　2445

　　　　　그런 계집의 신랑이 되어

집으로 데려간다면 복 터지는 일이죠!

파우스트는 계속 거울을 들여다본다. 메피스토펠레스는
의자에 기대앉아 털이개로 장난을 하며 말을 계속한다.

여기 나, 왕 된 기분으로 옥좌에 앉아 있
노라.
왕홀도 들고 있는데, 부족한 건 왕관이로
구나.

지금껏 갖가지 기묘한 동작을 보여주던 짐승들,
큰 소리를 지르며 메피스토펠레스에게 왕관을 갖다준다.

짐승들　　오, 바라옵건대　　　　　　　　　　2450
　　　　　　땀과 피로써
　　　　　　이 왕관을 붙이옵소서!

그들은 왕관을 서투르게 다루다가 두 조각을 낸다.
그것을 들고 이리저리 뛰어다닌다.

이제 끝장이 났구나!
우리는 말하고, 보고,
듣고, 시도 짓는다 —　　　　　　　　　　2455
파우스트　　(거울을 향해) 아, 괴롭다! 정말 미칠 것만

160

같구나.

메피스토펠레스 (짐승들을 가리키며)

이젠 내 머리까지 어지러워지는군.

짐승들　　우리에게 운이 따르고

만사형통하게 되면,

바로 사상(思想)이란 게 생겨나지요!　　2460

파우스트　(전 같은 동작을 취하며) 내 가슴이 불붙기

시작한다!

빨리 이곳을 떠나세!

메피스토펠레스　(전과 같이 앉아서) 적어도 인정하지 않을

수 없군,

이놈들이 정직한 시인이란 것을.

암컷 원숭이가 주의를 게을리했던 가마솥이 넘치기 시작한다.

커다란 불꽃이 일어나 굴뚝으로 몰려간다.

마녀가 무서운 고함을 지르며 불꽃을 헤치고 내려온다.

마녀　아유! 아유! 아유! 아유!　　　　　　2465

이 빌어먹을 짐승! 저주받을 암퇘지년아!

가마솥을 지키지 않아 안주인을 그을려놓

다니!

망할 놈의 짐승 같으니라고!

(파우스트와 메피스토펠레스를 바라보며)

여기 이것들은 또 뭐야?

네놈들은 누구냐?   2470

여기서 뭘 하려는 거지?

어느 놈이 몰래 기어들어왔지?

뼛속까지 사무치도록

불벼락을 내려주마!

거품 걷는 국자를 솥 속에 넣었다가 불꽃을

파우스트, 메피스토펠레스 그리고 짐승들에게 뿌린다.

짐승들이 신음한다.

메피스토펠레스 (손에 든 털이개를 거꾸로 쥐고 유리그릇과 냄

비들을 두드리면서)

두 동강 나라! 두 동강 나라!   2475

저기 있는 죽냄비!

여기 있는 유리그릇!

이건 장난일 뿐,

네 노래에 맞춰주는

장단이다. 이 망할 년아.   2480

마녀가 노여움과 놀라움으로 가득 차 뒤로 물러난다.

날 알아보겠냐? 이 해골바가지야! 이 괴

물아!

네 주인이며 스승을 몰라본단 말이냐?

날 방해하는 놈은 혼찌검을 내주겠다.

네년도, 저 원숭이 도깨비놈들도 박살을

   내겠다!

이 붉은 재킷도 두렵지 않단 말이지?   2485

이 수탉 깃털도 알아볼 수 없단 말이냐?

내가 이 얼굴을 감추기라도 했단 말이냐?

나 자신이 이름을 대야 알겠느냐?

마녀 아이고, 주인님, 인사가 거칠어서 죄송합

   니다.

당신의 말굽이 보이질 않아서요.   2490

까마귀 두 마리는 어디에 두셨나요?

메피스토펠레스 이번에는 이 정도로 끝내겠다.

우리가 서로 못 본 지도

꽤 오랜 세월이 흘렀으니까.

세상을 온통 핥고 다니는 문화란 것이   2495

악마에게까지 손을 뻗쳤단 말이다.

이제 북방의 도깨비는 자취를 감추게 되

   었다.

뿔, 꼬리, 발톱이 보이기나 하더냐?

말굽만 해도, 내게 없어선 안 되겠지만,

사람들 눈에 띄면 손해란 말이야.   2500

그래서 나도, 많은 젊은 놈들처럼

몇 년 전부터 가짜 종아리를 달고 다닌다.

마녀 (춤을 추면서) 귀하신 사탄님을 여기서 다

　　　　　시 뵈오니

　　　　　기쁜 마음에 넋이 나갈 지경입니다!

메피스토펠레스　그런 이름은 마음에 들지 않는다, 이 여편

　　　　　네야! 　　　　　　　　　　　　　　　　　　2505

　　마녀　왜요? 그 이름이 어쨌게요?

메피스토펠레스　그것은 벌써 오랫동안 이야기책에 적혀 있

　　　　　었지.

　　　　　하지만 인간들은 그로 인해 나아진 게 없어.

　　　　　그 악마에게선 벗어났지만, 다른 악마들이

　　　　　남아 있었지.

　　　　　날 남작님이라고 불러라. 그래야 일이 잘될

　　　　　게다. 　　　　　　　　　　　　　　　　　　2510

　　　　　나도 다른 기사들처럼 타고난 기사거든.

　　　　　내 고귀한 혈통을 의심하지는 않겠지.

　　　　　이걸 봐라, 내가 지니고 있는 문장(紋章)

　　　　　이다!

　　　　　　　　　　　　(그는 음탕한 몸짓을 해 보인다)

　　마녀　(간드러지게 웃는다.) 하! 하! 당신다운 버릇

　　　　　이군요!

　　　　　주인님은 언제 봐도 장난꾸러기예요! 　　　2515

메피스토펠레스　(파우스트에게) 이봐요, 잘 좀 배워두시오.

　　　　　이게 마녀를 다루는 방식이지요.

　　마녀　자, 그럼, 두 분께서 무슨 일로 오셨는지

　　　　　말씀해 보시죠.

메피스토펠레스	그 유명한 약을 한 잔 가득 주게나!
	하지만 가장 오래된 것으로 말이야. 　2520
	해묵은 것일수록 효력이 배가할 테니까.
마녀	기꺼이 드리지요! 여기에 한 병 있습니다.
	저도 이따금 핥아먹곤 하는데
	전혀 냄새도 나지 않아요.
	이걸로 한 잔 올리겠습니다. 　2525
	(나지막하게)
	하지만 저 사람이 그냥 마셨다간
	아시다시피 한 시간도 살지 못할 텐데요.
메피스토펠레스	그는 좋은 친구니 잘돼야 해.
	너의 부엌에서 가장 좋은 걸로 대접하고 싶다.
	마법의 동그라미를 그려놓고 주문을 외워다오. 　2530
	그리고 저 친구에게 한 잔 가득 올리도록 해!

　마녀가 이상한 몸짓으로 동그라미를 그리고는 그 안에 기이한 물건들을 세워놓는다. 그러는 사이 유리그릇이 울리고, 솥이 가락을 내면서 음악으로 바뀐다. 마지막으로 커다란 책을 가져오고, 원숭이들을 동그라미 안으로 들어오게 한 다음, 그들을 책상으로 사용하거나 횃불을 들고 있게 한다. 파우스트에게 자기 옆으로 오라고 손짓한다.

파우스트 (메피스토펠레스에게)

아니 이보게, 무엇이 된다는 거야?

이 엉뚱한 물건들, 이 미치광이 몸짓.

저 졸렬하기 짝이 없는 속임수.

이 따위는 나도 안다. 정말 가증스러운 것

    들이다.   2535

메피스토펠레스 거참, 그저 우스개 장난일 뿐입니다.

너무 심각하게 굴지 말아요!

저것이 의사로서 주문을 외워야

약효가 제대로 나올 겝니다.

(파우스트를 억지로 동그라미 안에 밀어넣는다)

마녀 (강조하면서 책을 읽기 시작한다)

    명심하라!   2540

    하나에서 열을 만들고

    둘은 없애버리며

    곧 셋을 만들어라.

    그러면 너는 부자가 되리라.

    넷은 잃어버려라!   2545

    다섯과 여섯으로부터

    마녀 가라사대

    일곱과 여덟을 만들어라.

    그러면 완성되리라.

    아홉은 하나요   2550

    열은 무(無)로다.

이것이 마녀의 구구법이다.

파우스트 저 할멈이 열병에 걸려 헛소릴 하는 것 같군.

메피스토펠레스 저것이 끝나려면 아직 멀었습니다.

내가 알기로, 저 책엔 온통 저런 소리뿐이

지요.   2555

나도 저것 때문에 많은 시간을 허비했거

니와

완전한 모순이란 현자에게나 바보에게나

똑같이 신비에 차 있으니까요.

친구여, 학문이란 낡고도 새로운 것이 아

닐까요.

어느 시대나 마찬가지여서,   2560

셋이 하나요[30], 하나가 셋이라 하며

진리 대신 오류를 퍼뜨리는 것이지요.

이렇게 지껄이며 멋대로 가르치는데

누가 그런 바보와 상종하려 하겠습니까?

흔히 인간들은 무슨 말을 들으면   2565

그 속에 무언가 생각할 게 있다고 믿지요.

마녀 (계속 읽는다)

지고한 힘은

학문에도,

온 세계에도 숨어 있도다!

---

30) 가톨릭교회의 삼위일체설을 풍자하는 말.

　　　　　사색하지 않는 자,　　　　　　　　　　2570

　　　　　그에게 그 힘이 선사되리라.

　　　　　걱정 없이 그 힘을 지니게 되리라.

파우스트　저 여자가 무슨 헛소리를 지껄이는 거야?

　　　　　머리가 당장 터질 것만 같아.

　　　　　마치 수만 명의 바보들이 모여　　　　2575

　　　　　합창을 하는 것 같구먼.

메피스토펠레스　됐다, 됐어. 오, 훌륭한 무당이여!

　　　　　너의 물약을 이리 가져와서

　　　　　가장자리가 넘치도록 잔을 채워라.

　　　　　내 친구에겐 이 약이 해롭지 않을 게다.　2580

　　　　　이분은 관록이 대단한 사람이라

　　　　　여러 가지 좋은 약을 다 마셨을 테지만.

마녀가 여러 가지 의식을 곁들이면서 약을 잔에 따른다.
파우스트가 입에 대자 가벼운 불꽃이 일어난다.

　　　　　자, 주욱 들이켜요! 계속해서!

　　　　　곧 마음이 상쾌해질 것입니다.

　　　　　악마와 너나하는 사인데　　　　　　　2585

　　　　　이 따위 불꽃을 두려워한단 말입니까?

마녀, 동그라미를 풀어준다. 파우스트, 밖으로 나온다.

메피스토펠레스 자, 힘차게 걸어나오쇼! 쉬어선 안 됩니다.

마녀 당신에게 좋은 약효가 나타나길 바랍니다.

메피스토펠레스 (마녀에게) 무엇이든 네 청을 들어줄 테니

발푸르기스의 밤[31]에 말하도록 하라.　　　　　2590

마녀 여기 노래가 하나 있어요! 가끔 이 노래를 부르면

각별한 효험을 보실 겁니다.

메피스토펠레스 (파우스트에게)

자, 빨리 갑시다. 내가 안내하리다.

당신은 반드시 땀을 빼야 합니다.

그래서 약효가 안팎으로 스며들게요.　　　　　2595

그런 다음에야 게으름의 귀중함을 가르쳐 주지요.

곧 사랑의 신 큐피드가 이리저리 뛰놀듯

마음속이 즐거워짐을 느낄 겝니다.

파우스트 잠깐만이라도 거울을 다시 보게 해다오!

여인의 모습이 너무나 아름다웠다!　　　　　2600

메피스토펠레스 아니, 안 됩니다! 당신은 곧 모든 여인의 전형을

눈앞에 생생하게 볼 텐데요.

(나지막하게) 이제 약기운이 온몸에 돌게

---

31) 4월 30일부터 5월 1일 사이의 밤. 이날 악마가 브로켄산에서 마녀들을 만난다고 한다.

되면,

여자가 다 헬레네[32]로 보일걸.

거리

파우스트, 마르가레테 곁을 지나간다.

파우스트 아름다운 아가씨, 감히 제 팔을 내밀어 2605
당신을 댁까지 모셔다 드려도 되겠습니까?

마르가레테 저는 아가씨도 아니고, 아름답지도 않아요.
데려다주지 않아도 집까지 갈 수 있어요.

(뿌리치고 가버린다)

파우스트 아아, 정말 아름다운 소녀로다!
저런 아이를 본 적이 없다. 2610
예의 바르고 정숙한데다가
약간 새침하기도 하구나.
빨간 입술, 해맑은 뺨
이 세상에 살고 있는 한, 그녀를 잊지 못하
겠다!

---

32) Helene. 그리스신화에 나오는, 동서고금을 통해 가장 아름답다는 미인.
제우스 신의 딸이며 스파르타 왕 메넬라오스의 비(妃). 트로이 왕자 파리스
에게 잡혀가 트로이전쟁의 원인이 되었다.

두 눈 살며시 내리감는 모습,   2615

내 가슴 깊이 아로새겨지는구나.

살짝 뿌리치는 그 모습,

정말로 날 황홀하게 만드는구나!

메피스토펠레스 나타난다.

파우스트 이봐, 저 처녀를 내 손에 넣게 해주게!

메피스토펠레스 어떤 아이 말인가요?

파우스트   방금 이곳을 지나간 처

녀 말일세.   2620

메피스토펠레스 저 애요? 그 아이는 신부에게 가서

모든 죄를 용서받고 오는 길이지요.

내가 고해석 옆을 지나다 엿들어보니

정말 순진하기 짝이 없는 아이더군요.

아무 죄도 없으면서 고해하러 갔으니 말입

니다.   2625

저런 아이에게는 나도 힘을 쓸 수 없다고요.

파우스트 그래도 열네 살은 넘었겠지.

메피스토펠레스 당신은 마치 바람둥이 한스처럼 말씀하시

는군요.

그 녀석은 사랑스러운 꽃은 모두 차지하려

들면서,

명예니 사랑이니 하는 것도   2630

요하네스 리펜하우젠,
거리에서 마르가레테에게 말을 거는 파우스트(오른쪽 끝)

꺾지 못할 게 어디 있느냐고 생각하지요.

하지만 늘 그렇게 되진 않을 겝니다.

파우스트   친애하는 도덕군자 양반,

도덕률 따위로 날 괴롭히지 말게나!

한마디로 잘라 말해두거니와   2635

저 달콤한 어린아이가

오늘 밤 내 팔에 안기지 않는 날엔

밤중에 당장 헤어지기로 하자고.

메피스토펠레스   생각해 보세요! 되는 일도 있고 안 되는

일도 있어요!

기회를 엿보는 데만도   2640

두 주일은 족히 걸릴 텐데요.

파우스트   내게 일곱 시간의 여유만 있어도

저런 계집 하나 꾀어내는 데

악마의 도움까지 빌리지는 않을 거야.

메피스토펠레스   당신은 벌써 프랑스인같이 떠벌리는군요.   2645

하지만 제발 역정일랑 내지 마십시오.

그렇게 빨리 손아귀에 넣는 게 뭐 좋은 일

이겠어요?

정말 커다란 즐거움을 맛볼 양이면,

우선 요리 주물럭 조리 주물럭

온갖 장난질을 다 치다가   2650

예쁜 인형으로 빚어서 요리하는 것이지요.

남국의 이야기들이 숱하게 가르쳐주는 대로.

파우스트　　　그런 짓 안해도 식욕은 왕성하다네.

메피스토펠레스　자, 험담과 농담은 그만둡시다.

　　　　　　내 일러두거니와, 저 귀여운 것은　　　　　　2655

　　　　　　단번에 쉽게 되지는 않을 겝니다.

　　　　　　거칠게 덤벼들었다간 아무것도 얻어낼 수

　　　　　　　없어요.

　　　　　　우선은 계책을 꾸며야 합니다.

파우스트　　　저 귀여운 천사의 소유물 중 아무것이나

　　　　　　　가져다주게!

　　　　　　그녀의 안식처로 데려다주게!　　　　　　2660

　　　　　　사랑의 즐거움을 누리도록 가져다다오.

　　　　　　그녀 가슴의 목도리, 아니면 양말끈이라도

　　　　　　　좋다!

메피스토펠레스　내가 당신의 고통을 덜어주기 위해

　　　　　　얼마나 애를 쓰고 있는지 보여주겠소.

　　　　　　잠시라도 지체할 필요 없이　　　　　　2665

　　　　　　오늘 당장 그 애의 방으로 안내하리다.

파우스트　　　그럼 그 앨 보게 될까? 그 앨 차지하게 될까?

메피스토펠레스　안 됩니다! 그 앤 이웃 여자의 집에 가 있

　　　　　　　을 것이오.

　　　　　　그동안 당신은 완전히 혼자서

　　　　　　미래의 즐거움을 한껏 꿈꾸면서　　　　　　2670

　　　　　　그녀의 그윽한 체취를 마음껏 즐길 수 있

　　　　　　　을 겝니다.

파우스트　　　지금 갈 수 있을까?

메피스토펠레스　　　　　　　　아직은 일러요.

파우스트　　　그 애에게 줄 선물을 하나 준비해 주게나!

　　　　　　　　　　　　　　　　　(퇴장한다)

메피스토펠레스　다짜고짜 선물이라? 거참 멋지군! 잘될 것
　　　　　같은데!
　　　　　나는 좋은 장소도 많이 알고　　　　　　　　2675
　　　　　옛날에 묻어둔 보물도 많이 알고 있지.
　　　　　어디 좀 살펴봐야겠는걸.

　　　　　　　　　　　　　　　　　(퇴장한다)

저녁

조그맣고 깨끗한 방

마르가레테　(머리를 땋아 올리며)
　　　　　오늘 그분이 누구였을까?
　　　　　그걸 안다면 무엇이든 드리련만!
　　　　　정말로 늠름해 보이는 게　　　　　　　　　2680
　　　　　고귀한 가문의 출신 같았어.
　　　　　그런 거야 이마만 봐도 알 수 있거든—
　　　　　그렇지 않고서야 그리 대담할 수 있었을라고.

　　　　　　　　　　　　　　　　　(퇴장한다)

비극 1부

메피스토펠레스와 파우스트 등장

메피스토펠레스 들어와요, 아주 조용히 들어와요!

파우스트 (잠시 침묵하고 있다가) 제발 부탁이야, 날
    혼자 있게 해주게!   2685

메피스토펠레스 (주위를 살피면서) 처녀들이 다 이렇게 정갈
    하진 않지요.   (퇴장한다)

파우스트 (주위를 둘러보며)
    반갑다, 감미로운 저녁놀이여.
    이 성스러운 방을 두루 비춰주는구나!
    희망의 이슬을 마시며 연명하는
    너 달콤한 사랑의 아픔이여, 내 마음을 사
      로잡아다오!   2690
    주위에서 숨 쉬는 이 고요함,
    이 질서와 만족감!
    가난 속에 깃든 이 충만감!
    감옥 같은 골방 속에 깃든 축복이여!
        (침대 옆 가죽의자에 몸을 던진다)
    오, 나를 받아다오, 기쁠 때나 슬플 때나   2695
    두 팔 벌려 그녀의 조상들을 맞아주었을
      의자여!
    아, 얼마나 자주 이 둘레에
    아이들의 무리가 에워싸곤 했을까!
    내 사랑하는 소녀도 통통한 뺨을 하고

성탄절의 선물에 감사드리며   2700
메마른 할아버지 손에 경건히 입 맞추었
　　겠지.
오, 소녀여, 나는 느끼노라,
실하고도 알뜰한 너의 마음이 내 주위에
　　서 살랑거림을.
그 마음이 날마다 널 어머니답게 가르쳐
이리도 깨끗하게 식탁보를 깔게 하고,   2705
바닥엔 고운 모래를 뿌리도록 하였으리라.
오, 사랑스러운 손! 천사와 같은 손!
너로 인해 오두막도 천국이 되는구나.
그리고 여기!　　(침실의 커튼을 들어올린다)
　　　　　　날 사로잡는 환희의 전율이여!
종일토록 여기에 머물고 싶구나.   2710
자연이여, 그대는 옅은 꿈에서인 양
타고난 천사를 만들어내었다!
여기에 그 애는 누웠었겠지.
따뜻한 생명 가득한 가슴을 하고.
여기에 성스럽고 순수한 힘이 작용하여   2715
선녀 같은 자태를 선사하였으리라!

그런데 나는! 무엇이 날 이곳으로 이끌었
　　을까?
마음 깊이 우러나는 감동은 어찌된 것일까?

여기서 원하는 게 뭘까? 왜 이리도 가슴이
　　무거워지는 걸까?
가련한 파우스트야! 널 알아보지도 못하
　　겠구나.　　　　　　　　　　　　　　2720

여기 날 에워싼 것은 마법의 안개인가?
향락의 충동이 물밀쳐와
사랑의 꿈속으로 녹아들어가는 기분이다!
우리는 바람 부는 대로 희롱당하는 노리
　　개란 말인가?
이 순간 그녀가 들어오기라도 한다면　　2725
나의 무례함을 어떻게 속죄할 것인가!
그토록 대단한 바람둥이가 오, 이다지도
　　소심해지다니!
어쩌면 녹아서 스러질 듯 그녀의 발밑에
　　엎드릴 게다.

메피스토펠레스 서둘러요! 그 애가 저 아래 오고 있습니다.
파우스트 가자! 떠나가자! 나는 다시 돌아오지 않겠다!　2730
메피스토펠레스 여기 제법 묵직한 상자가 있소이다.
내가 다른 곳에서 가져온 것인데
여기 장롱 속에 넣어두세요.
장담하거니와, 그 애의 마음을 사로잡을
　　것입니다.
당신을 위해 예쁜 장신구들을 넣어두었답

니다.   2735

다른 걸 얻기 위해서지요.

여하튼 아이는 아이요, 놀이는 놀이니까요.

파우스트   모르겠군. 이래도 되는 걸까?

메피스토펠레스   웬 질문이 그리

많아요?

저 보물을 당신이 간직하고 싶은 건가요?

그렇다면 충고하건대, 방탕한 짓에   2740

귀중한 시간 허비하지 말고,

내게도 앞으론 고생을 시키지 말아주세요.

바라건대 너무 인색하지 마시기를!

나는 머리를 짜내면서 견마지로를 다하고

있는데 ─

(상자를 장롱 속에 넣고 자물쇠를 잠근다)

자, 나갑시다! 빨리! ─   2745

저 귀엽고 어린 것이

당신의 소망과 뜻에 따르길 바라 이러는

거지요.

그런데 당신 표정은

강의실에라도 들어가는 것 같군요.

물리학과 형이상학이   2750

당신 앞에 잿빛 모양으로 서 있는 것 같고요.

자, 떠납시다!

                                            (퇴장한다)

마르가레테 (등불을 들고) 여긴 왜 이다지 무덥고 답답
　　　　　할까.

　　　　　　　　　　　　　　　(창문을 연다)

　　밖은 그리 덥지도 않은데
　　내 기분이 왜 이런지 모르겠네 ─　　　　　　2755
　　어머니라도 집에 오셨으면 좋으련만.
　　나의 온몸이 오싹해지는걸 ─
　　난 참 바보같이 겁 많은 계집앤가 봐!

　　　　　　(옷을 벗으며 노래하기 시작한다)

　　　옛날 옛적 툴레[33]에 어떤 임금님
　　　무덤에 드는 날까지 언약을 지켰네.　　　2760
　　　사랑하는 왕비님 세상을 뜨시며
　　　황금의 술잔 하나 남겨주셨네.

　　　임금님껜 이 잔이 최고의 보물
　　　연회 때마다 술을 따라 마셨네.
　　　그때마다 두 눈엔 눈물이 가득　　　　　2765
　　　마시고 또 마시며 못 잊어하셨네.
　　　마침내 임금님도 갈 때가 되자
　　　나라 안의 도시들 모두 헤아려
　　　세자에게 모든 걸 물려줬지만,

─────────────

33) Thule. 영국과 노르웨이 사이에 있다고 전해지는 섬나라.

단 하나 술잔만은 갖고 계셨네.   2770

마지막 향연에 임금님 납시니,
기사들이 모여 옹위하였네.
저기 바닷가에 우뚝 솟은 성
조상들의 얼이 깃든 드높은 망루.

그때 늙은 임금님 자리에서 일어나   2775
마지막 삶의 불꽃을 마신 다음
성스러운 술잔 멀리 던지셨다네.
저 아래 깊은 바닷속으로.

떨어진 잔 기우뚱 물에 잠기며
바닷속 깊이 가라앉아버리니,   2780
임금님 두 눈을 스르르 감으시고
그 이후 한 방울도 마시지 않았다네.

옷을 정리하려고 장롱을 연다.
그러다가 조그만 보석함을 발견한다.

이렇게 예쁜 상자가 어떻게 여기에 들어와
  있을까?
나는 틀림없이 장롱을 잠갔는데.
이상도 해라! 이 안에 무엇이 들었을까?   2785

비극 1부

누군가 이걸 저당잡히고
어머니께 돈을 꾸어갔을 거야.
이 끈에 열쇠까지 매달려 있네.
한번 열어봐도 괜찮겠지 뭐!
이게 뭐지? 어머나! 이것 좀 봐.   2790
이런 건 생전 처음 보겠네!
보석이구나! 이것만 가지면 어떤 귀부인도
가장 호화로운 축제일에 나갈 수 있겠지.
이 목걸이가 내게도 어울릴까?
이 멋진 것이 대체 누구의 것이람?   2795

          (그것으로 치장하고 거울 앞으로 간다)

이 귀고리 하나만이라도 내 것이라면!
금방 아주 딴사람으로 보일 텐데.
젊고 예뻐봤자 무슨 소용이람?
그런 것도 다 좋기는 하지만
사람들은 그저 그게 다라고 생각하겠지.   2800
칭찬은 하면서도 반쯤은 가엾게 여길걸.
모두들 돈을 향해 달려들고
돈에만 매달려 있으니,
아아, 우리 같은 가난뱅이만 불쌍하지!

산책길

파우스트, 생각에 잠겨 이리저리 거닐고 있다.
그에게 메피스토펠레스가 다가온다.

메피스토펠레스 사랑하다 퇴짜나 맞아라! 지옥의 불길에

나 떨어져라!   2805

아니, 좀 더 지독한 저주의 말이 없을까?

파우스트 무슨 일이지? 무엇이 자네를 그토록 화나

게 했을까?

내 평생 그런 얼굴을 본 적이 없는데!

메피스토펠레스 나 자신이 악마가 아니라면,

당장 악마에게 몸을 맡기고픈 심정입니다.   2810

파우스트 자네 머릿속이 어떻게 된 것 아닌가?

미친놈같이 날뛰는 꼴이 자네에게 어울리

긴 하네만!

메피스토펠레스 생각 좀 해봐요. 그레트헨을 위해 마련했던

보석 말예요.

그걸 신부 놈이 가로채버렸다니까요! ─

그 애 어미가 그 물건을 보더니만   2815

당장 두려워지기 시작한 거예요.

그 여편네는 아주 냄새를 잘 맡아요.

늘 기도서에 코를 박고 살면서

모든 가구의 냄새를 맡아보고

그 물건이 성스러운지 부정한지를 알아낸

　　다오.　　　　　　　　　　　　　　2820

우리 보석을 보고도 정확히 알아차렸죠.

거기에 축복이 별로 깃들어 있지 않다는

　　사실을.

어미가 말했죠. 〈얘야, 부정한 재물은

영혼을 사로잡고 피를 말리는 거란다.

우리 이 물건을 성모님께 바치자꾸나.　　2825

그러면 천상의 만나[34]로 우리를 기쁘게 해

　　주실 게다!〉

마르가레테는 입을 비죽이며 생각했지요.

선사받은 말(馬)은 가져도 될 텐데.

정말이지 이걸 여기에 갖다 놓은 분은

하느님을 소홀히 하지 않으실 거야!　　2830

어미가 신부 놈을 불렀지요.

놈은 이야기를 다 듣기도 전에

물건을 보고 홀딱 반해버렸죠.

놈은 말했죠. 〈잘 생각하셨습니다!

욕심을 이겨내는 사람이 복을 받습니다.　　2835

교회는 튼튼한 위장을 갖고 있어서

온 나라를 집어삼키고도

---

34) Manna. 이스라엘 민족이 아라비아사막을 방황하던 중 신으로부터 받은 양식(「출애굽기」 16장).

결코 체한 적이 없답니다.

사랑하는 여인들이여, 오직 교회만이

부정한 재물을 소화시킬 수 있습니다.〉 2840

파우스트 그거야 흔한 관습이지.

유대인과 국왕도 그런 짓을 하는데.

메피스토펠레스 놈은 팔찌며 목걸이며 반지들을

마치 무용지물인 양 쓸어넣고는,

호두 한 바구니쯤 얻어 가는 듯 2845

인사말을 건성으로 때운 채

천국의 보상만을 약속하더군요.

그런데도 모녀는 감격해 마지않는 거예요.

파우스트 그런데 그레트헨은?

메피스토펠레스 뒤숭숭한 마음으로 앉아서

무얼 하고픈지, 무얼 해야 되는지 모른 채 2850

밤이나 낮이나 패물 생각만 하고 있답니다.

그걸 갖다준 사람을 더 생각하는 건 물론

이고요.

파우스트 그 사랑스러운 애가 고통을 겪다니 내 마

음 아프구나.

자네 당장 새 보석을 마련해 주게!

처음 것은 별로 신통치 않았어. 2855

메피스토펠레스 아, 그렇지요. 주인 나리껜 모든 게 어린애

장난일 테니까요!

파우스트 자, 서두르게. 모든 걸 내 뜻대로 해야 하네!

그 애의 이웃집 여자에게 매달려보라고!

이 악마야, 죽처럼 흐느적거리지 말고

새로운 보물을 준비하란 말이야!   2860

메피스토펠레스 예, 주인 나리, 기꺼이 복종하겠나이다.

(파우스트, 퇴장한다)

저렇게 사랑에 빠진 바보는

애인을 즐겁게 해주는 일이라면

해, 달, 온갖 별들까지 허공에서 폭파하려

든단 말이야.   (퇴장한다)

이웃 여인의 집

마르테 (혼자서) 하느님, 저의 남편을 용서해 주옵

소서.   2865

그는 내게 아무것도 잘한 게 없어요!

곧장 세상에 뛰어들어서는

절 외로운 생과부로 만들어놓았지요.

정말이지 전 그일 화나게 한 적도 없고,

하느님께서도 아시듯, 그일 진정으로 사랑

했답니다.   2870

(그녀는 운다)

혹시 죽지나 않았을까! ─ 오, 애통해라 ─

사망 증명서라도 얻을 수 있다면!

마르가레테가 들어온다.

마르가레테　마르테 아주머니!

마르테　　　　　　그레트헨, 웬일이냐?

마르가레테　하마터면 놀라 자빠질 뻔했어요!

흑단(黑檀) 나무로 만든 그 보석상자가　　2875

또 제 장롱 속에 들어 있지 않겠어요.

안에 든 물건들은 정말 호화롭고

먼젓번보다 훨씬 더 많아요.

마르테　이번엔 어머니한테 말씀드리지 마라.

그랬다간 당장 고해할 때 가져가실 테니까.　2880

마르가레테　아, 이걸 좀 보세요. 이것도요!

마르테　(마르가레테를 치장해 주며) 오, 너는 참 복

　　　도 많구나!

마르가레테　하지만 속상해요. 이걸 달고는

거리에도 교회에도 나갈 수 없으니 말예요.

마르테　우리 집에라도 자주 건너오려무나.　　2885

여기서 몰래 보석들로 치장한 다음

한 시간쯤 거울 앞에 서성대 보는 거야.

그러면서 함께 기쁨을 나누자꾸나.

그러다가 기회가 오면, 축제일 같은 때에

차츰차츰 사람들 눈에 띄도록 해보렴.　　2890

처음엔 목걸이, 다음엔 귀에 진주를 다는

　　　거지.

어머니도 눈치채지 못하실 거야. 또 무슨
펭계든 댈 수 있겠고.

마르가레테 누가 상자를 두 개씩이나 가져왔을까요?

정말 심상치 않은 일이라구요.

(노크 소리가 난다)

아이고머니! 어머니가 오셨나?　　　　　2895

마르테 (커튼 사이로 내다보며)

못 보던 분인데 ─ 들어오세요!

메피스토펠레스가 등장한다.

메피스토펠레스 이렇게 불쑥 찾아온 것을

두 분 부인께서는 용서해 주셔야겠습니다.

(마르가레테에게 정중히 경의를 표하고 물러
선다)

마르테 슈베르틀라인 부인을 뵙고자 합니
다만!

마르테 전데요. 무슨 일이시죠?　　　　　2900

메피스토펠레스 (그녀에게 나지막하게)

이제 부인을 뵙게 되니, 저는 그것으로 족
합니다.

아주 귀한 손님이 와 계신데

함부로 들어온 무례를 용서하십시오.

오후에 다시 찾아뵙도록 하지요.

마르테 (큰 소리로) 들었니, 얘야, 원 세상에   2905
       이 신사분께서 널 귀한 집 아가씨로 생각
       하시는구나.

마르가레테 전 가난한 아이랍니다.
       아이참, 신사분께선 너무 관대하시군요.
       이 보석과 패물은 제 것이 아니에요.

메피스토펠레스 아, 패물을 보고 드린 말씀이 아닙니다.   2910
       인품이며 눈매가 아주 명민해 보이십니다!
       제가 여기 있어도 된다면 정말 기쁘겠습니다.

마르테 대체 무슨 용무로 오셨지요? 정말 궁금하
       군요 —

메피스토펠레스 기쁜 소식이었으면 좋았으련만!
       그렇다고 절 원망하진 마십시오.   2915
       댁의 남편께서 돌아가셨습니다. 소식을 전
       해달라더군요.

마르테 죽었다고요? 그 착한 사람이! 아이고, 애
       석해라!
       그이가 죽다니! 아, 나는 어쩌라고!

마르가레테 아, 아주머니, 너무 낙담하지 말아요!

메피스토펠레스 글쎄 그 슬픈 이야기 좀 들어보세요!   2920

마르가레테 그래서 전 평생 사랑 같은 건 하고 싶지 않
       아요.
       그를 잃으면 죽을 지경으로 슬퍼질 테니
       까요.

메피스토펠레스	기쁨에는 슬픔이, 슬픔에는 기쁨이 따르는 법이지요.	
마르테	남편의 마지막 이야기나 들려주세요!	
메피스토펠레스	그는 파도바[35])에 묻혀 있습니다.	2925
	성 안토니오 묘지 옆인데	
	정결한 장소로	
	영원히 시원한 안식처가 될 것입니다.	
마르테	그 밖에는 제게 전하실 게 없나요?	
메피스토펠레스	있지요. 아주 크고 어려운 부탁이더군요.	2930
	그를 위해 삼백 번만 미사를 드려달랍니다!	
	그 밖엔, 제 주머니가 비었다는 사실입니다.	
마르테	뭐라고요? 장신구 하나, 패물 하나도 전하지 않더란 말인가요?	
	그런 건 직공들도 전대 밑바닥에 넣어놓고	
	기념품으로 잘 간직하면서	2935
	굶거나 구걸을 할망정 내놓지 않는 법인데!	
메피스토펠레스	부인, 정말 안됐습니다.	
	하지만 그 친구가 돈을 낭비한 것은 아닙니다.	
	그도 자신의 과오를 몹시 후회하고 있었어요.	
	그래요. 하지만 자신의 불운을 무엇보다 한탄했었죠.	2940

---

35) Padova. 이탈리아 북부의 한 도시.

마르가레테	아! 인간이란 왜 이다지도 불행한 것일까요?
	정말이지, 그분을 위해서라면 몇 번이고
	진혼미사를 올려드리겠어요.
메피스토펠레스	그대는 곧 결혼을 해도 되겠군요.
	정말로 사랑스러운 아가씨입니다.
마르가레테	아, 아니에요. 아직 그럴 처지가 못 됩니다. 2945
메피스토펠레스	남편이 아니라면, 얼마간 연인이라도 말입
	니다.
	사랑하는 사람을 얻는다는 건
	하늘이 내려준 가장 큰 축복이지요.
마르가레테	그건 이 고장 풍습에 맞지 않아요.
메피스토펠레스	풍습이야 아무러면 어떻습니까? 그럴 수도
	있는 일이죠. 2950
마르테	이야기를 더 해주세요!
메피스토펠레스	전 그 친구가 임종하는 자리에 있었습니다.
	그곳은 거름더미보다야 조금 낫겠지만
	반쯤 썩어가는 짚더미 위였지요. 하지만
	기독교 신자로 죽었습니다.
	그는 아직 속죄할 것이 많다고 하더군요.
	이렇게 말하더군요. 〈나 자신이 정말로 밉
	구나, 2955
	내 일도, 내 아내도 버리고 가다니!
	아, 옛날 생각을 하면 죽어 마땅하다.
	내 아직 살아 있는 동안 아내가 날 용서해

주었으면!〉

마르테 (울면서) 착한 양반! 난 오래전에 그를 용서
했는데.

메피스토펠레스 〈하지만 하느님께서도 아시겠지만, 나보다
그녀에게 더 죄가 많았어.〉   2960

마르테 거짓말이에요! 뭐라고! 죽어가면서도 거짓
말을 하다니!

메피스토펠레스 저도 잘은 모르지만,
아마 마지막 순간 헛소리를 한 것이겠지요.
또 이런 소리도 합디다. 〈난 잠시도 한가로
이 시간을 보내지 않았어.
자식들이 생기자, 그것들을 위해 빵을 벌
어야 했지.   2965
아주 넓은 의미의 빵을 말이야.
그러니 내 몫을 한 번도 편안히 먹어본 적
이 없었어.〉

마르테 그렇게 온갖 정성에, 온갖 사랑을 바치고
밤낮으로 고생을 했는데도 다 잊어버리다니!

메피스토펠레스 천만에요. 그는 진심으로 그 점에 대해 생
각하고 있더군요.   2970
이렇게 말하더군요. 〈몰타섬을 떠나올 때,
나는 아내와 아이들을 위해 열렬히 기도
를 올렸지.
그래서인지 하늘도 무심치 않아

터키 황제의 보물을 운반하는
터키 배 한 척을 나포하게 되었어.　　　　2975
그때 용감하게 활약한 보상으로
나 역시 응분의 몫을
적절히 받을 수 있었지.〉

마르테　어머나, 그걸 어쨌을까? 어디에 두었을까?
　　　　혹시 묻어놓지 않았을까요?

메피스토펠레스　누가 압니까. 사방에서 불어온 바람이 그
　　　　걸 어디로 날려 보냈는지.　　　　2980
　　　　그 친구가 나폴리에서 나그네처럼 헤매고
　　　　있을 때,
　　　　한 예쁜 아가씨가 그를 돌봐주었죠.
　　　　얼마나 알뜰하게 사랑과 정성을 기울였던지
　　　　마지막 순간까지 그녀를 잊지 못하더군요.

마르테　악당 같으니라고! 자식들 몫까지 훔친 도둑!　2985
　　　　아무리 비참하고 곤궁했어도
　　　　그 수치스러운 삶을 버리지는 못했군요!

메피스토펠레스　네, 그래요. 그 대가로 그는 이제 죽었습니다.
　　　　제가 당신의 처지라면
　　　　한 일 년 얌전히 애도하다가　　　　2990
　　　　다음엔 슬슬 새 사람을 하나 찾아보겠는
　　　　데요.

마르테　어머, 무슨 말씀을! 그래도 내 남편 같은
　　　　사람을

이 세상에서 쉽게 만나진 못할 거예요!

그렇게 마음씨 좋은 바보도 없을걸요.

다만 너무 떠돌아다니길 좋아했고,　　　2995

남의 계집이나 낯선 고장의 술,

그리고 망할 놈의 노름을 좋아한 게 탈이

었지요.

메피스토펠레스 자, 자, 그렇다면 그럭저럭 잘되었군요.

그 친구 쪽에서도 그만큼

당신을 관대하게 보아주었으니까요.　　3000

맹세컨대, 그런 조건이라면

저도 당신하고 반지를 교환하고 싶습니다!

마르테 아이고, 선생님께선 농담도 좋아하시네요!

메피스토펠레스 (혼잣말로) 이쯤에서 꽁무니를 빼야겠구나!

이 계집은 악마의 말을 제법 알아차릴 것

같단 말이야.　　3005

(그레트헨에게)

아가씨의 심정은 어떠신지?

마르가레테 무슨 말씀이시죠?

메피스토펠레스 (혼잣말로) 　　　정말 착하고 순진한 아이

로군!

(큰 소리로) 안녕히 계십시오, 여러분!

마르가레테 　　　　　　　　　　　　　안녕히

가세요!

마르테 　　　아, 잠깐 한마디만 더 해주세요!

제 남편이 어디에서 어떻게 죽어 매장되었
　는지
증명서라도 한 장 얻었으면 합니다만.　　　　3010
제가 원래 일을 꼼꼼히 처리하길 좋아해서요.
교회 주보에라도 그의 죽음을 신고 싶습니다.

메피스토펠레스 네, 부인, 두 사람의 증인만 있으면
어디서나 사실로 입증되는 법입니다.
제게 아주 좋은 친구가 한 명 있으니　　　　3015
당신을 위해 재판정에 서도록 하지요.
그를 이리로 데려오겠습니다.

마르테　　　　　　　　　　　　오, 꼭 그렇게
해주세요!

메피스토펠레스 그런데 이 아가씨도 여기 계시겠지요? —
아주 멋진 총각이죠! 여행도 많이 했고,
아가씨들에 대한 예의도 아주 바르답니다.　　3020

마르가레테 그런 분 앞이라면 전 얼굴이 붉어질 거예요.

메피스토펠레스 세상의 어떤 왕 앞에서라도 그럴 필요 없
　습니다.

마르테 그럼 저희 집 뒤뜰에서
오늘 저녁 두 분을 기다리겠어요.

길거리

파우스트, 메피스토펠레스

파우스트	어떻게 됐나? 잘됐나? 곧 될 것 같은가?	3025

메피스토펠레스 아아, 브라보! 불덩이처럼 달아오른 모양이
군요?

잠시 후 그레트헨은 당신 것이 될 것입니다.

오늘 저녁 이웃 여인 마르테 집에서 그녀
를 만날 게요.

그 여편네는 중매쟁이나 뚜쟁이로는 아주
제격인 것 같더군요.

파우스트 정말 잘됐어!　　　　　　　　　　　　　3030

메피스토펠레스 하지만 우리에게 원하는 게 있더군요.

파우스트 한 가지 일을 해주었다면, 대가를 받는 것
도 당연하지.

메피스토펠레스 우리는 다만 그녀 남편의 죽어자빠진 몸
뚱이가

파도바의 성스러운 묘소에 누워 있다는 걸

법적으로 유효하게 증언하면 됩니다.　　　3035

파우스트 자넨 참 똑똑해. 그렇다면 우선 여행을 해
야겠구먼.

메피스토펠레스 성스러운 바보님! 그럴 필요는 없습니다.

증언만 하면 됐지 사실을 알 필요는 없어요.

196

크리스토펠 반 지혬,
거리의 파우스트(오른쪽)와 메피스토펠레스(왼쪽)

파우스트   더 좋은 방법을 생각해 내지 못한다면 이
               계획은 취소하네.

메피스토펠레스 오, 성스러운 양반! 이제 곧 성인이 되겠
               구려!   3040

               거짓 증언을 하는 것이

               평생 처음이란 말인가요?

               당신은 신과 세계와 그 안에서 움직이는
                  것에 대해

               또 인간과, 인간의 머리와 가슴속에서 활
                  동하는 것에 대해

               자신만만하게 정의(定義) 내린 적이 없었
               던가요?   3045

               뻔뻔스러운 얼굴, 오만한 가슴으로 말입니다.

               하지만 당신의 내면을 자세히 살펴보세요.

               그것에 대해 알고 있다는 게

               저 슈베르틀라인 씨의 죽음에 대한 것보다

               많지 않다는 걸 인정해야 할 겝니다!

파우스트   자네는 갈데없는 거짓말쟁이에 궤변가로군. 3050

메피스토펠레스 좀 더 깊게 이해하지 못한다면 그렇겠지요.

               내일이면 당신이 온갖 점잔을 다 빼면서도

               저 가련한 그레트헨을 유혹하느라

               진정한 사랑을 맹세하지 않겠어요?

파우스트   하지만 그건 진심에서다.

메피스토펠레스   좋습니다! 좋습니다! 3055

그렇다면 영원한 충성이니 사랑이니 하는 것,
유일하고도 전능한 충동이니 하는 것도
역시 진심에서 나온 것이란 말입니까?

파우스트 그만두게! 그건 진실이야! ─ 내가 느끼는
　이 감정
이 들끓는 마음 3060
그 이름을 찾아보지만 발견할 수 없구나.
모든 감각을 총동원해 세상을 두루 돌아
　다니며
나는 최상의 말을 찾으려 하노라.
나를 불태우는 이 사랑의 열정을
무한이라고, 영원이라고 부르는 게 3065
어찌 악마들의 거짓말 놀이와 같겠느냐?

메피스토펠레스 하지만 내가 옳아요!

파우스트 　　　　　　듣게나! 이것만은 명
　심하게 ─
부탁하노니, 내가 너무 지껄이지 않게 해주게.
자신이 옳다고 계속 한 가지만 고집하는
　자가
필경 이기게 되겠지. 3070
가자고. 입씨름 따위엔 넌더리가 나네.
별도리가 없으니, 자네가 옳다고 해두세.

정원

마르가레테는 파우스트의 팔을 끼고,
마르테는 메피스토펠레스와 이리저리 산보한다.

마르가레테　전 알아요. 당신이 절 아껴주시느라고
　　　　　　마냥 겸손해하시는 것을요. 전 부끄럽기만
　　　　　　해요.
　　　　　　여행을 많이 하신 분은 마음이 넓어　　　3075
　　　　　　싫은 내색 않고 상대해 주는 데 익숙하신
　　　　　　　거지요.
　　　　　　그렇게 경험 많으신 분에게
　　　　　　하잘것없는 제 얘기가 재미없으리란 것도
　　　　　　잘 알아요.
파우스트　당신의 눈짓, 당신의 말 한마디가
　　　　　　세상의 어느 지혜보다 더 즐겁습니다.　　　3080
　　　　　　　　　　　　　　(그녀의 손에 키스한다)
마르가레테　어머, 이러지 마세요! 키스까지 하시다니요.
　　　　　　제 손은 이렇게 추하고 거친걸요!
　　　　　　집안일을 모두 해야 했거든요.
　　　　　　저의 어머니가 무척 엄격하셔서요.

　　　　　　두 사람, 지나간다.

| 마르테 | 그래서 선생님은 늘 여행만 다니시나요? | 3085 |

메피스토펠레스 아, 네, 직업과 의무가 우리를 늘 몰아대니

까요!

떠나기 싫은 곳도 여러 군데 있었지요.

하지만 한곳에만 머물 수만은 없답니다.

마르테 세상을 자유롭게 두루 돌아다니는 것도

젊은 시절엔 그런대로 괜찮을 거예요. 3090

하지만 좋은 시절 다 지난 후

홀아비 신세로 발을 질질 끌며 무덤을 향

한다는 건

누구에게나 내키지 않는 일일 거예요.

메피스토펠레스 닥쳐올 그 일을 생각하니 무서워지는군요.

마르테 그러니 선생님께서도 알맞은 때에 결심을

하세요. 3095

두 사람, 지나간다.

마르가레테 그래요, 눈에 안 보이면 마음도 멀어지는

법이지요!

당신은 예의 바른 분이에요.

친구도 많이 사귀셨을 텐데

모두 저보다는 똑똑한 사람들이겠지요.

파우스트 오, 착한 아가씨! 똑똑한 사람에게는 3100

허영심과 천박함이 더 많을 수도 있답니다.

마르가레테	어째서지요?

파우스트 아, 이 소박하고 천진한 아가씨는
자신의 성스러운 가치를 알지 못하고 있구나!
겸양의 미덕이야말로
자애롭게 나눠주는 자연의 최상의 선물이
라는 것을— 3105

마르가레테 당신은 절 한순간만 생각하시겠지만,
전 당신을 생각할 시간이 많을 거예요.

파우스트 당신은 혼자 있을 때가 많으신가요?

마르가레테 네. 저희 집이 살림은 보잘것없지만,
그래도 손 가는 일이 많답니다. 3110
하녀가 없으니, 밥 짓고, 청소하고, 뜨개질
하고
또 바느질도 하면서 새벽부터 밤늦게까지
뛰어다녀야 하지요.
그런데다 우리 어머니는 매사에
너무나 꼼꼼하세요!
너무 쪼들리며 살지 말았으면 좋겠어요. 3115
다른 사람들보다 여유 있게 살 수도 있으
니까 말예요.
아버지께서 상당한 재산에다
교외에 조그만 집과 정원을 남겨주셨지요.
하지만 요즘은 꽤 한가한 나날을 보내고
있답니다.

오빠는 군대에 가시고,   3120

어린 여동생은 죽었거든요.

그 애 때문에 고생도 많이 했어요.

하지만 그런 고통이라면 다시 맛봐도 좋겠

　어요.

정말 사랑스러운 아이였답니다.

파우스트   당신을 닮았

　다면 천사 같았겠지요.

마르가레테　제가 그 앨 키웠기 때문에 그 애도 절 무척

　따랐어요.   3125

그 앤 아버지가 돌아가신 후 태어났답니다.

그때 어머니는 너무나 쇠약해서 누워 계셨

　지요.

우린 어머니를 잃는 줄 알았는데,

아주 천천히 조금씩조금씩 회복하셨어요.

어머니는 그 가엾은 어린 것에게   3130

젖을 먹일 생각도 하지 못하셨어요.

그래서 그 앨 완전히 저 혼자 기른 거예요.

우유와 물을 먹이면서요. 그 앤 제 아이가

　돼버렸지요.

제 팔, 제 품에 안겨서

좋아라 바둥거리면서 자랐답니다.   3135

파우스트　당신은 정말 가장 순수한 행복을 맛보았

　군요.

마르가레테 하지만 정말 힘든 순간도 많았어요.

밤이면 아기의 요람을

제 침대 옆에 갖다 놓았고, 그 애가 조금만
　움직여도

이내 잠에서 깨나곤 했지요.　　　　　　　3140

우유를 먹이기도 하고, 제 곁에 누이기도
　하고,

그래도 울음을 그치지 않으면 자리에서 일
　어나

아기를 어르며 온 방 안을 서성이기도 했
　어요.

그래도 날이 밝으면 빨래터에 가야 했고,

다음엔 장을 보고 부엌일도 살펴야 했지요.　3145

하루하루 늘 그렇게 지냈어요.

그러자니 늘 유쾌한 기분만은 아니었지만,

그 대신 입맛이 좋고, 잠도 달게 잘 수 있
　었답니다.

　　　두 사람, 지나간다.

마르테 가련한 여자들은 그럴 때 참 곤란해요.

홀아비의 마음을 돌리기가 어렵거든요.　　3150

메피스토펠레스 나를 잘 가르쳐 바로잡아 주는 일은

당신들 같은 여인의 손에 달린 것 같군요.

마르테	여봐요, 솔직히 말씀해 보세요. 아직 아무도 없으신가요?
	어디건 마음 정한 곳이 없단 말씀인가요?
메피스토펠레스	이런 속담이 있지요. 〈자기 집 아궁이와 3155 착실한 아내는 황금이나 진주와 같느니라.〉
마르테	당신에겐 한 번도 그럴 의욕이 없었단 말 인가요?
메피스토펠레스	어딜 가나 저는 제법 정중한 대접을 받았 지요.
마르테	제 말은, 당신 마음이 절실해진 적이 없었 단 말이에요.
메피스토펠레스	감히 부인들과 농담을 할 수 있겠습니까? 3160
마르테	아, 당신은 제 말을 알아듣지 못하시는군요!
메피스토펠레스	정말 유감이군요! 하지만 잘 알고 있습니다 ─ 당신이 내게 무척 친절하다는 건.

두 사람, 지나간다.

파우스트	오, 작은 천사! 내가 정원에 들어서는 순간 당신은 곧 나를 알아보았단 말이지요?
마르가레테	보지 못하셨던가요? 제가 눈을 내리깔고 있던 것을. 3165
파우스트	그렇다면 저의 뻔뻔스러웠던 행동도 용서

해 주시는 건가요?

얼마 전 당신이 성당에서 돌아올 때

뻔뻔스럽게 굴었던 일 말입니다.

마르가레테 정말 놀랐어요. 그런 일은 생전 처음이었

거든요.

전 누구에게서도 욕먹을 짓은 하지 않았는

데 말예요. 3170

아, 전 이렇게 생각했지요. 저분이 내 행동

가운데

시건방지거나 얌전치 못한 걸 발견한 게

아닐까?

이런 계집하곤 당장 수작을 붙여도 되겠거니

생각하신 게 아닌가 하고요.

하지만 고백할게요! 그땐 몰랐지만, 3175

당신을 좋게 생각하는 마음이 여기 제 가

슴속에 싹트기 시작했던 거예요.

다만 확실한 건, 당신에게 좀 더 쌀쌀맞게

굴지 못했던

제 자신에게 무척 화가 났었다는 거지요.

파우스트 오, 사랑스러운 것!

마르가레테 잠깐만요!

(별꽃 한 송이를 꺾어 꽃잎을 하나씩 뜯어낸다)

파우스트 뭘 하는 거지요?

꽃다발인가요?

아돌프 오버랜더,
파우스트와 마르가레테

마르가레테	아녜요. 그저 장난을 하는 거예요.
파우스트	어떻게?
마르가레테	저리

가세요. 아마 웃으실 거예요.　　　　　　　　　3180

(꽃잎을 뜯으며 중얼거린다)

파우스트　무얼 중얼거리는 건가요?

마르가레테　(조금 소리를 높여) 날 사랑한다 ― 사랑하

지 않는다.

파우스트　정말 귀여운 모습이로다!

마르가레테　(계속해서) 날 사랑한다 ― 않는다 ― 사랑

한다 ― 않는다 ―

(마지막 꽃잎을 뜯으며 기쁨에 넘쳐)

그이는 날 사랑하신다!

파우스트　　　　　　　　　그렇소, 나의 사랑!

이 꽃점을 신탁의 말씀으로 삼읍시다.

당신을 사랑하고말고!　　　　　　　　　3185

알겠소? 당신을 사랑한다는 걸!

(그녀의 두 손을 잡는다.)

마르가레테　갑자기 무서워져요!

파우스트　오, 두려워하지 말아요! 이 눈길과

꼭 맞잡은 손으로 말하게 해주오.

입으로는 말할 수 없는 걸 말이오.　　　　　3190

내 마음을 당신에게 바치겠소.

거기서 느끼는 기쁨 영원할 것입니다.

영원히! 그것이 끝난다면 절망일 겁니다.

아니, 절대로 끝날 리 없소! 절대로!

마르가레테는 그의 두 손을 꼭 쥐었다가 뿌리치고 달아난다.

파우스트는 잠시 생각에 잠겼다가 그녀의 뒤를 따라간다.

마르테　(들어오면서) 날이 저무는군요.

메피스토펠레스　　　　　　　　　그렇군. 이제

우린 떠나야겠습니다.　　　　　　　　　　　3195

마르테　좀 더 계시라고 붙잡고 싶지만,

이곳은 워낙 말이 많은 곳이라서요.

이웃 사람의 일거일동을 지켜보는 것 외엔

아무 할 일도 없고

아무 소일거리도 없는 것 같아요.　　　　3200

그래서 아무리 조심을 해도 소문이 나고

만답니다.

그런데 우리 젊은 한 쌍은?

메피스토펠레스　　　　　　　　저쪽 길로 뛰어

갔소이다.

바람난 나비들처럼!

마르테　　　　　　　그분이 그 앨 좋아하는

모양이에요.

메피스토펠레스　그녀도 마찬가지고요. 세상일이 다 그런

게 아니겠습니까?

정원의 조그만 정자

마르가레테가 뛰어들어와 문 뒤에 숨는다.
손가락 끝을 입술에 대고 문틈 사이로 밖을 내다본다.

마르가레테   그이가 오시네!

파우스트   (들어온다)   아, 장난꾸러기, 날 놀리는군요! 3205
이제 잡았다! (그녀에게 키스한다)

마르가레테   (그를 꺼안고 키스에 답하며)

           멋진 양반! 당신을 진심으로 사
랑해요!

         (메피스토펠레스가 문을 두드린다)

파우스트   (발을 구르면서) 거 누구야?

메피스토펠레스   선량한 친구올
시다!

파우스트   짐승 같은 놈!

메피스토펠레스   이제 작별할 시간이
되었소이다.

마르테   (들어온다) 네, 너무 늦었어요, 선생님.

파우스트   당신을
바래다주면 안 될까요?

마르가레테   아마 어머니께서 저를— 안녕히 가세요!

파우스트   꼭 가
야 한단 말인가?

프리드리히 아우구스트 모리츠 레츠시,
파우스트와 마르가레테

그럼 안녕히!

마르테   안녕히 가세요!

마르가레테   곧 다시 만나고

싶어요!   3210

파우스트와 메피스토펠레스, 퇴장한다.

오, 고맙기도 해라! 저분은 정말

생각도 깊고, 모르는 게 없으셔!

그이 앞에 서면 그냥 부끄럽기만 하고,

무슨 일에나 네네 하고 대답할 뿐이야.

나야 아무것도 모르는 가련한 아인데   3215

왜 마음에 두시는지 알 수가 없어. (퇴장한다)

숲과 동굴

파우스트 (혼자서) 숭고한 정령이여, 그대는 내게 선
        사해 주었다.

내가 바라던 모든 것을. 그대가 불꽃 속에서

내게 얼굴을 보여준 것 역시 헛된 일이 아

        니었다.

아름다운 자연을 왕국으로 주었고,   3220

그것을 느끼고 즐길 수 있는 힘도 주었다.

놀랍지만 냉정한 마음으로 찾아보도록 할
　뿐 아니라
친구의 품인 양 그윽한 자연의 품속을
들여다볼 수 있는 은혜를 베풀어주었다.
그대는 생명 있는 존재들의 대열을 인도하여　3225
내 곁을 지나가고, 고요한 숲과 바람과
물에 사는 내 형제들을 만나게 해주었다.
또한 폭풍우가 숲에서 울부짖고,
커다란 전나무들이 쓰러지며 이웃 나뭇가
　지며
이웃 나무둥치들을 내리덮쳐　　　　　　3230
그 둔탁한 굉음 언덕 위에 진동할 때,
그대는 나를 안전한 동굴로 인도하였으니,
나를 되돌아보는 가운데, 내 가슴속엔
깊은 경이감이 은밀하게 피어오른다.
내 눈앞으로 해맑은 달빛 솟아나　　　　3235
마음을 달래듯 흘러가면,
암벽들 사이에서, 또는 이슬 젖은 숲속으
　로부터
선조들의 은빛 모습이 둥실 떠올라
성찰에의 강렬한 욕구를 진정시켜 주누나.

오, 인간에겐 완전함이 부여되지 않음을　3240
이제 나는 느끼노라.

나를 신 가까이 이끌어가는 이 환희와 함께

그대는 내게 떼어버릴 수 없는 동반자 하

　나를 붙여주었다.

녀석은 냉혹하고 뻔뻔스러워,

나 자신의 자존심을 짓밟고, 　　　　　　　3245

말 한마디에 그대가 베푼 은혜를 무(無)로

　돌려버린다.

녀석은 내 가슴속에 열심히 부채질하여

저 아름다운 자태를 연모하는 거친 불길

　을 타오르게 한다.

그리하여 나는 욕망에서 향락을 향해 비

　척거리다가,

향락 속에선 또다시 새로운 욕망을 그리워

　하고 있다. 　　　　　　　　　　　　　3250

　　메피스토펠레스, 등장한다.

메피스토펠레스 당신은 이제 그런 삶을 충분히 맛보았겠

　　지요?

오래 끈다고 해서 무슨 재미가 있겠습니까?

한 번쯤 시험해 보는 건 좋겠지요만,

다시금 무언가 새로운 걸 시작해 봐야죠!

　　파우스트 이 좋은 날 나를 괴롭히기보다 　　　　　3255

더 많은 일이 자네에게 있었으면 싶네.

메피스토펠레스 좋아요, 좋아요! 나도 당신을 내버려두고 싶으니

그렇게 정색하고 말하지 말아요.

당신처럼 불친절하고 퉁명스럽고 미친 듯 한 친구는

잃었다고 해도 정말 아까울 게 없소이다. 3260

온종일 할 일은 태산 같으니까요!

무엇을 좋아하는지, 무엇을 허락해야 할지

도무지 감을 잡을 수가 있어야 말이지.

파우스트 그게 바로 자네다운 말투로군!

날 따분하게 해놓고도 인사를 받으려 하 다니. 3265

메피스토펠레스 내가 없었던들 당신같이 가련한 지상의 아 들이

어찌 당신의 삶을 누릴 수 있었겠소이까?

공상의 잡동사니 속에 빠져 있는 당신을

내가 잠시나마 구해줄 수 있었지요.

내가 없었던들 당신은 이미 3270

이 지구를 떠나버렸을 것이외다.

어째서 당신은 부엉이처럼

이런 동굴 속 바위틈에 처박혀 있는 건가요?

어째서 축축한 이끼와 물이 뚝뚝 듣는 바 위로부터

두꺼비처럼 양분을 빨아먹고 있는 건가요? 3275

참 멋지고 재미나게 시간을 보내고 있군요!

아직도 당신 몸에선 훈장 냄새가 풀풀 납
　니다그려.

파우스트 이렇게 황야를 헤매고 다녀도,

새로운 삶의 기운이 솟아남을 자네는 이해
　할까?

하기야 자네가 그것을 알아차릴 수 있다면,　　3280

악마의 본성을 드러내어 나의 행복을 허
　락하지 않겠지.

메피스토펠레스 속세를 초월한 행복이구먼!

밤에는 이슬을 맞으며 산 위에 누워

기쁨에 넘쳐 하늘과 땅을 끌어안으며

신이라도 되려는 듯 부풀어오르는 거지.　　3285

예감의 힘으로 대지의 정수(精髓)를 파헤
　치고,

육 일간에 이룬 신의 역사(役事)를 가슴 깊
　이 느끼겠지.

오만한 가운데 자신도 모를 일을 즐기면서,

때로는 사랑의 기쁨에 넘치도록 취해

지상의 아들이 완전히 사라져버리는 거지.　　3290

그다음엔 그 고상한 직관이 ― (몸짓을 해
　보이며)

그 결말이 어떠리라는 건 ― 차마 말 못 하
　겠소이다.

파우스트 에이, 못된 녀석!

메피스토펠레스   기분이 언짢으시겠지요.

당신에겐, 점잔을 빼며 못된 놈이라고 욕

  할 권리가 있습죠.

마음이 순결한 자도 무엇 없인 살 수 없다

  는 말을   3295

순결한 귀에는 말해선 안 되는 건가.

요컨대, 나는 당신에게

때로 자신을 속이는 즐거움을 허락하리다.

하지만 당신은 오래 견디지 못할 게요.

벌써 또 싫증이 난 모양이구려.   3300

이렇게 더 계속됐다간 완전히 지쳐서

미쳐버리거나, 불안과 공포에 빠지게 될 것

  입니다!

이쯤 해두고! 당신의 애인은 집 안에 틀어

  박혀

세상만사가 답답하고 슬픈 듯이 생각하고

  있답니다.

그녀의 머리에서 도대체 당신 모습이 떠나

  지 않으니,   3305

오매불망 당신 생각뿐이지요.

처음엔 당신 마음에도 사랑의 열정이

녹은 눈이 흘러드는 개울처럼 넘쳐흘렀죠.

그 열정을 그녀의 가슴에 쏟아붓더니,

이제 당신의 개울물은 말라붙었단 말인가요. 3310
내 생각엔, 숲속에서 왕처럼 앉아 있기보다
저 가련한 어린아이에게
사랑의 보상을 보내주는 것이
위대하신 나리에게 어울릴 듯싶은데요.
그 애에겐 시간이 못 견딜 만큼 길게 느껴
　　지겠지요.　　　　　　　　　　　　3315
창가에 기대어, 오래된 성벽 위로 흘러가
　　는 구름만
하염없이 바라보고 있답니다.
하루 종일, 그리고 밤중까지
「이 몸이 새라면」이란 노래만을 부르고 있
　　지요.
어쩌다 명랑할 때도 있지만, 대부분 울적
　　해 있어요.　　　　　　　　　　　　3320
실컷 울고 나면
마음이 안정돼 보이지만,
줄곧 사랑에 빠져 있는 게 틀림없습니다.
파우스트　이 뱀 같은 놈!
메피스토펠레스　(혼잣말로) 어때! 내 손아귀에 걸려들었지!　3325
파우스트　이 나쁜 놈! 이곳에서 사라져라.
그 아름다운 소녀 얘기는 꺼내지도 마라!
반쯤 미쳐버린 내 마음을 들쑤셔
다시 그 달콤한 육체를 탐하게 하지 말아

다오!

메피스토펠레스 대체 어쩔 건가요? 그 앤 당신이 도망쳤다

고 생각하고 있어요.　　　　　　　　　　3330

사실 반쯤 뺑소니를 친 거나 다름없지만.

파우스트 나는 그녀 곁에 있는 거야. 이렇게 멀리 떨

어져 있어도,

난 그 앨 잊을 수도, 잃을 수도 없어.

정말이지, 나는 그녀의 입술이 닿는

주님의 성체까지 질투할 지경이다.　　　　3335

메피스토펠레스 암, 그럴 테지요! 저도 당신이 종종 부럽답

니다.

장미꽃 아래서 풀을 뜯는 한 쌍의 쌍둥이[36]

를 생각하면.

파우스트 꺼져라, 이 뚜쟁이 놈!

메피스토펠레스　　　　　　　　　　좋소이다! 욕할 테면

하시오. 웃음밖에 나오지 않으니까.

사내와 계집을 창조하신 하느님도

몸소 중매를 서주는 걸　　　　　　　　3340

고귀하기 짝이 없는 임무로 알았단 말이외다.

어서 가봐요! 정말 가엾기 짝이 없어요!

당신 애인의 방으로 가라는 게지

뭐 죽으러 가라는 건 아닙니다.

---

36) 그레트헨의 유방을 가리킨다. 구약의 「아가」 4장 5절에서 인용.

파우스트　그녀의 품속에 무슨 천상의 기쁨이 있단

　　　　말이냐?　　　　　　　　　　　　　　　3345

　　그녀의 가슴에 안겨 몸을 녹인들 무엇 해!

　　난 항상 그녀의 고통만을 느끼는 것을.

　　난 도망자가 아닌가? 집도 없는 놈이 아

　　　닌가?

　　목적도 안정도 없는 비인간에다

　　바위에서 쏟아지는 폭포수처럼　　　　　3350

　　미친 듯 탐욕스레 심연을 향해 떨어지는

　　　놈이 아닌가?

　　철없는 그 앤 홀로

　　알프스 초원의 조그만 오두막에서

　　그녀의 모든 집안일을

　　이 작은 세계에 국한시키고 있다.　　　3355

　　그런데, 신의 미움을 받은 나는

　　바위들을 움켜잡아

　　산산조각을 내도

　　흡족지가 않았다!

　　난 그 애를, 그 애의 평화를 깨뜨리고 말

　　　았다!　　　　　　　　　　　　　　　3360

　　지옥 같은 놈아, 이런 제물을 원했더냐!

　　도와다오, 악마야, 이 공포의 시간을 단축

　　　시켜 다오!

　　어차피 일어날 일이라면, 당장 벌어지게

해라!

그녀의 운명이 내게 송두리째 무너져 내려

나와 함께 멸망해도 좋다! 3365

메피스토펠레스 다시금 들끓고, 다시금 불붙어 오르는구려!

어서 가서 그 앨 위로해 주시오, 이 바보

같은 친구여!

그 애의 조그만 머리가 탈출구를 찾지 못

했다간

당장 끝장낼 생각을 할 테니까.

용기를 지닌 자만이 살아남는 것입니다! 3370

게다가 당신은 꽤 악마다워졌어요.

세상에서 가장 꼴불견인 것은

악마가 절망에 빠져 있는 꼬락서니죠.

그레트헨의 방

그레트헨 (물레 옆에 혼자 앉아서)

내게서 평화는 사라졌네.

마음은 그저 무거울 뿐. 3375

마음의 평화를 결코,

다시는 찾지 못하리.

그이가 안 계신 곳

내게는 무덤이니,
세상이 온통   3380
쓰디쓴 쓸개 맛일 뿐.

가련한 나의 머리
미쳐버렸다.
가련한 나의 마음
산산이 조각났다.   3385

내게서 평화는 사라졌네.
마음은 그저 무거울 뿐.
마음의 평화를 결코,
다시는 찾지 못하리.

그이가 오실까,   3390
창밖을 내다보고
그이를 만날까,
문밖을 서성이네.

그이의 의젓한 걸음걸이
그 고결한 모습,   3395
그 입가의 미소,
그 강렬한 눈빛.

그이의 말씀
마술과 같았네.
꼭 잡아주던 손,   3400
아, 달콤한 입맞춤!

내게서 평화는 사라졌네.
마음은 그저 무거울 뿐.
마음의 평화를 결코,
다시는 찾지 못하리.   3405

내 마음 언제나
그이 곁으로 달려가노니,
아, 그일 붙잡아
놓치지 않으리.

그리고 입 맞추리라,   3410
언제까지나.
그이의 입맞춤에
내 몸이 녹아버릴지라도!

마르테의 정원

마르가레테와 파우스트

마르가레테   약속해 주세요, 하인리히!

파우스트   내가 할 수 있는
일이라면!

마르가레테   그럼 말씀해 주세요, 종교를 어떻게 생각
하시죠?   3415
당신은 정말 좋은 분이지만,
종교에 대해선 대단치 않게 여기시는 것
같아요.

파우스트   그런 얘긴 그만둡시다! 내가 당신에게 다
정하다는 건 알겠지.
사랑하는 이를 위해선 내 살과 피를 바치
겠소.
하지만 누구에게서도 믿음과 교회를 빼앗
고 싶지 않소.   3420

마르가레테   그건 옳지 않아요. 우리는 믿음을 가져야
해요!

파우스트   꼭 그래야 할까?

마르가레테   아! 당신을 도와드릴 수만
있다면!
당신은 교회의 성사(聖事)도 존중하지 않

으시죠?

파우스트 존중하지.

마르가레테　　　　　하지만 마음에서 우러나온 게 아
니겠지요.
미사나 고해에도 오랫동안 나가지 않으셨
을 거예요.　　　　　　　　　　　　　3425
신(神)을 믿으시나요?

파우스트　　　　　　　　　　이봐요, 누가 감히 말
할 수 있을까,
〈나는 신을 믿는다〉고?
성직자나 현자(賢者)에게 물어보구려.
그들의 대답은 마치
묻는 사람을 조롱하는 듯 여겨질 것이오.

마르가레테　　　　　　　　　　　　그래
서 당신은 믿지 않으시는 건가요?　　　3430

파우스트 날 오해하지 말아요, 내 귀여운 아가씨!
누가 신의 이름을 부를 수 있겠소?
누가 고백할 수 있겠소,
나는 신을 믿는다고?
마음속으로 느낀다고 해서　　　　　3435
누가 감히 말할 수 있겠소,
나는 신을 믿지 않는다고?
만물을 포괄하는 자,
만물을 보존하는 자,

그는 당신을, 나를 그리고 자기 자신을   3440
포괄하고 보존하고 있지 않소?
하늘은 저 위에 둥글게 덮여 있지 않소?
대지는 이 아래 굳건히 놓여 있지 않소?
영원한 별들은 다정한 눈인사를 나누며
이렇게 떠오르지 않소?   3445
당신의 눈을 들여다보고 있으면,
모든 것이 당신의 머리와 가슴으로 밀려들
　어와
영원한 비밀을 간직한 채
보일 듯 말 듯
당신 곁에서 떠돌고 있질 않소?   3450
아무리 크더라도 그것으로 당신의 가슴을
　채우구려.
그리하여 당신이 온통 행복감에 젖게 된
　다면,
그것을 행복! 진심! 사랑! 신!
무어든 원하는 대로 이름을 붙이구려.
나는 그걸 뭐라고 불러야 좋을지 모르겠소!   3455
느끼는 것만이 전부지요.
이름이란 공허한 울림이요, 연기요,
안개 속에 휩싸인 하늘의 불꽃일 뿐이오.

마르가레테　당신의 말씀은 모두가 아름답고 훌륭해요.
신부님 말씀도 대충 비슷하지요.   3460

쓰시는 말씀이 약간 다를 뿐이지.

파우스트　대명천지 어느 곳에서도

모든 사람들이 다 그렇게 얘기할 거요.

각자 말하는 방법이 다를 뿐.

왜 나라고 내 식대로 말하지 못하겠소?　3465

마르가레테　그 말씀을 들으면, 그럴듯하다는 생각이

　　들기는 해요.

그래도 이상한 기분이 드는 건,

당신이 기독교 신자가 아니기 때문인가 봐요.

파우스트　오, 사랑스러운 사람!

마르가레테　　　　　　　　제 마음이 늘 아팠어요.

당신이 그 남자와 함께 계신 걸 볼 때마다요.　3470

파우스트　어째서일까?

마르가레테　　　　　당신과 함께 다니는 사람을

전 마음속 깊이 싫어한답니다.

평생을 두고

그 사람의 찌푸린 얼굴처럼

제 가슴을 찌르는 것도 없을 거예요.　3475

파우스트　오, 귀여운 사람, 그를 겁내지 말아요!

마르가레테　그가 다가오면 피가 들끓는 것 같아요.

전 누구에게나 호감을 갖지만,

아무리 당신을 만나고 싶다가도

그 사람 생각만 하면 오싹 소름이 끼쳐요.　3480

웬일인지 그 사람이 악당처럼 느껴져요!

제가 틀렸다면, 용서해 주세요!

파우스트 세상엔 그런 괴짜도 있어야 하는 거요.

마르가레테 그런 사람하곤 함께 지내고 싶지 않아요!

그가 문을 들어설 때면,   3485

늘 얼굴에 조롱기가 어려 있고,

반쯤 골이 난 표정이에요.

도대체 남의 일엔 관심이 없는 듯 보여요.

그의 이마에 씌어 있는걸요,

다른 인간을 사랑하지 않는다는 사실이.   3490

당신 팔에 안겨 있으면 한없이 포근하고,

자유롭고, 모든 걸 내맡긴 듯 따사로운데,

그가 나타나기만 하면 가슴이 죄어대는 양

　답답해요.

파우스트 오, 당신은 예감에 넘치는 천사로군!

마르가레테 그런 생각이 너무나 절 압도해서   3495

그가 우리에게 다가오기만 해도

당신을 더 이상 사랑할 수 없다는 생각이

　들 정도예요.

또, 그 사람 곁에선 기도조차 할 수 없어서

여간 가슴이 아픈 게 아니에요.

하인리히, 당신도 마찬가지일 테죠.   3500

파우스트 천성적으로 비위에 맞지 않는 모양이군.

마르가레테 이젠 가봐야겠어요.

파우스트　　　　　　　　　아, 단 한 시간만이라도

당신 품에 편안히 안겨
가슴을 맞대고 마음과 마음을 통하게 할
　수 없을까?

마르가레테　아, 제가 혼자 잘 수만 있다면요!　　　　　3505
오늘 밤 당신을 위해 빗장을 열어놓겠어요.
하지만 어머니의 잠귀가 얼마나 밝은지 몰
　라요.
만약 우리가 어머니에게 들키기라도 하면,
전 그 자리에서 죽은 목숨이지요!

파우스트　오, 나의 천사여, 그런 일이라면 걱정 말아요.　3510
여기에 약병이 있소! 단 세 방울만
어머니의 음료수에 섞어 넣으면,
편안히 깊은 잠을 주무실 것이오.

마르가레테　당신을 위해서라면 무슨 짓인들 못 하겠
　어요?
설마 어머니께 해롭진 않겠지요.　　　　　　3515

파우스트　해로운 것이라면 내 어찌 권할 수 있겠소?

마르가레테　사랑하는 당신을 보기만 하면
무엇이든 당신 뜻에 맡기고 싶으니 웬일이죠.
당신을 위해 벌써 너무 많은 걸 해드려서
이젠 더 할 일이 없는 것만 같아요. (퇴장한다) 3520

　메피스토펠레스, 등장한다.

메피스토펠레스	요 풋내기 가버렸나?
파우스트	또 엿들었구먼!
메피스토펠레스	소상하게 경청했소이다.
	박사님께서 교리 공부를 하시더군요.
	모쪼록 많은 소득이 있길 바랍니다.
	계집애들이란 원래 관심이 많은 법이지요.	3525
	자기 사내가 옛날식으로 신앙심이 많은지,
	순박한지.
	그런 일에 굴복하면, 자기 말에도 잘 따르
	리라 생각하는 거지요.
파우스트	너 같은 괴물은 알지 못할 거야.
	이 진실하고 사랑스러운 아이가,
	유일하게 축복을 안겨주는	3530
	신앙심에 충만하여
	사랑하는 이가 잘못되지나 않을까
	얼마나 노심초사하는가를.
메피스토펠레스	오, 감각을 초월한 듯 감각에 사로잡힌 구
	혼자여.
	계집의 손아귀에 잡히고 말았군요.	3535
파우스트	이 똥과 불 사이에 태어난 놈 같으니라고!
메피스토펠레스	그런데 그년은 관상도 제법 잘 본단 말이야.
	내 낯짝만 봐도 왠지 이상해진다 이거지?
	내 상판때기가 숨겨진 비밀을 예언하는 모
	양이지.

내가 아주 대단한 천재이거나,　　　　　　　　3540

어쩌면 악마일지도 모른다고 느끼고 있으

니 말이야.

그런데 오늘 밤엔? —

파우스트　　　　　　　　　그게 자네와 무슨 상

관인가?

메피스토펠레스　하지만 나도 그 일이 기쁜데요!

우물가에서

그레트헨과 리스헨, 물동이를 들고 있다.

리스헨　너 베르벨헨에 관한 소문 못 들었니?

그레트헨　전혀. 내가 사람들 많은 곳에 가야 말이지.　3545

리스헨　이건 정말이야. 지빌레가 오늘 나한테 일러

주었단다.

그 애도 결국 속아넘어갔다는 거야.

얌전한 척하더니만!

그레트헨　　　　　　어떻게 됐기에 그래?

리스헨　　　　　　　　　영 좋질 않아!

이젠 먹고 마시는 게 이인분이어야 한다는

거야.

그레트헨　맙소사!　　　　　　　　　　　3550

리스헨   결국 올 게 온 거라고.

　　　그 애가 그 녀석을 얼마나 오랫동안 따라
　　　　다녔게!

　　　산보를 합네,

　　　읍내의 무도장에 안내합네,

　　　어딜 가나 제일가는 여자라고 추켜세우고,　3555

　　　만두와 포도주를 사주며 늘 환심을 샀다
　　　　는 거야.

　　　그 애도 자기가 무슨 여왕이나 되는 줄 착
　　　　각하고

　　　갖가지 선물을 받고는

　　　부끄러움도 모를 정도로 뻔뻔해졌던 거지.

　　　서로 핥고 빨고 하는 사이에　　　　　　　3560

　　　그만 꽃송이가 떨어지고 만 거야!

그레트헨　오, 가엾은 것!

리스헨　　　　　　그 앨 불쌍히 여기다니!

　　　우리 같은 것들은 물레 옆에 앉아

　　　밤이면 엄마 옆에서 꼼짝 못 하고 있는데,

　　　그 앤 문밖 벤치나 어두운 복도에서　　　3565

　　　애인과 달콤한 밀회를 즐기느라

　　　시간이 가는 것도 몰랐잖니.

　　　이젠 어디서나 고개를 들지 못하고

　　　죄수복을 입은 채 교회에서 참회의 눈물
　　　　을 흘려야 할걸!

| 그레트헨 | 그래도 그 남자가 그 앨 아내로 받아주겠지. | 3570 |

| 리스헨 | 얼간이라면 그렇겠지! 날쌘 놈이라면 |

다른 곳에서 또 재미 볼 상대를 찾을걸.

역시 그놈도 줄행랑을 놨대.

그레트헨   그건 너무하다, 애!

| 리스헨 | 그 남자와 결혼했다간 혼꾸멍이 나게 될걸. |

마을 총각들이 그 애의 화환을 박살낼 거고,   3575

우리도 그 애 집 앞에 지푸라기를 뿌릴 거

니까.   (퇴장)

그레트헨 (집으로 돌아가면서)

지금껏 다른 애가 잘못을 저지르면

난 얼마나 신이 나서 헐뜯어댔던가!

다른 사람의 죄에 대해선

입에 거품을 물고 떠들었지!   3580

남의 허물이 검게 보이면, 그 검은빛이 성

에 차지 않아

더욱 검은색을 덧칠하려 했지.

그러곤 죄 없는 나 자신이 대견해 마냥 우

쭐했는데

이젠 나 자신이 죄인이 되었구나!

하지만—날 이 지경으로 몰아댄 모든 것이   3585

아아! 마냥 즐겁고 사랑스럽기만 했으니!

성 안쪽 길

성벽의 후미진 곳에 고난의 성모상이 있고,
그 앞에 꽃병이 놓여 있다.

그레트헨   (싱싱한 꽃을 꽃병에 꽂는다)

온갖 괴로움 겪으신 성모님
얼굴을 돌리시고 자비로이
제 고통을 굽어살피소서!

가슴에 칼을 맞으시고   3590
온갖 고통 겪으시면서
아드님의 죽음을 바라보시는군요.

하늘의 아버님을 우러러보시며
아드님과 당신의 고난 때문에
한숨을 보내시는 성모님.   3595

골수에 사무치는
이 고통을
누가 느껴주리까?
가련한 마음 불안에 떨며
무엇을 갈구하는지   3600
오직 성모님, 당신만 알고 계시나이다!

저는 어디를 가든,
여기 이 가슴속
아프고, 아프고, 또 아프답니다!
아, 혼자 있기만 하면 3605
울고, 울고, 또 울어서
제 가슴 갈기갈기 찢어집니다.

이른 아침
당신께 드릴 꽃을 꺾으면서,
아, 창문 앞 화분 위에 3610
한없이 눈물을 뿌렸답니다.

새벽의 태양이
제 방을 환히 비춰줄 때,
저는 온통 슬픔에 잠겨
벌써 침대 위에 일어나 앉아 있었지요. 3615

도와주세요! 절 치욕과 죽음에서 구해
　주세요!
온갖 괴로움 겪으신 성모님
얼굴을 돌리시고 자비로이
제 고통을 굽어살피소서!

밤

그레트헨의 집 앞 거리.

발렌틴 (군인, 그레트헨의 오빠)

모두들 제 자랑 하기 좋아하는   3620
술자리에 앉아 있을라치면,
동료들은 내게 꽃다운 처녀들을
큰 소리로 찬양하면서
잔이 넘치도록 술을 부어 마셨지 —
그때마다 난 팔꿈치를 받치고   3625
여유 만만하게 앉아서
온갖 허풍 떠는 소리 다 들어주었지.
그런 다음 미소 띤 얼굴로 수염을 쓰다듬
    으며
넘치는 술잔을 들고 이렇게 말했지.
모두 자기 나름의 멋이 있겠지!   3630
하지만 온 나라를 둘러봐도
우리 그레트헨 같은 애는 찾지 못했어.
내 누이에게 시중을 들 만한 처녀라도 있
    느냔 말이야?
옳소! 옳소! 쨍그랑! 쨍그랑! 잔이 돌았지.
한 패는 이렇게 소리쳤지, 자네 말이 옳아,   3635
그 앤 온 여성의 자랑거릴세!

그러면 자랑을 늘어놓던 친구들도 벙어리
　　가 되고 말았지.
그런데 지금은! ― 머리카락을 쥐어뜯은들,
담벼락에 머리통을 짓찧은들 무슨 소용
　　이랴! ―
빈정대며, 코를 실룩거리며,　　　　　　　3640
온갖 잡놈들이 다 날 욕하고 있으니 말이다!
나는 빚을 잔뜩 진 놈 모양 쭈그리고 앉아
대수롭지 않은 말 한마디에도 진땀을 흘리
　　는 꼴이 되었다!
녀석들을 한꺼번에 박살내고 싶다만
그들이 거짓말쟁이가 아닌 걸 어쩌랴.　　3645

저기 오는 놈들이 누구지? 살금살금 다가
　　오는 놈들이?
내 눈이 틀리지 않았다면, 분명 그 두 녀석
　　일 거야.
그게 사실이라면, 내 이놈들의 멱살을 움
　　켜잡고,
살아서는 돌아가지 못하게 하리라!

파우스트와 메피스토펠레스 등장

파우스트　저기 성구실(聖具室)의 창문으로부터　　3650

영원한 등불의 빛이 위쪽으로 가물대다가
옆으로 흩어지면서 점점 약한 빛으로 희미
　해지는구나.
마침내 어두움이 내 주위에 밀려오듯
내 가슴속엔 칠흑 같은 암흑이어라!

메피스토펠레스 그런데 내 마음은 허기진 고양이 모양　　　3655
소방용 사다리 곁을 지나
담장 주변을 살금살금 기어가고 있소이다.
그러자니 아주 기분이 좋은 게,
약간은 도둑놈 심보, 약간은 색골 기질이
　고개를 드는군요.
멋진 발푸르기스 축제의 밤을 생각하면,　　　3660
벌써부터 온몸이 후끈 달아오르고요.
모레면 다시 그날이 찾아오는데,
거길 가면 사람들이 왜 밤을 지새우는지
　알 것입니다.

파우스트 저 뒤편에서 번쩍이는 것은
땅속의 보물이 솟아나오는 게 아닐까?　　　3665

메피스토펠레스 당신도 멀지 않아
보물단지를 캐내는 즐거움을 맛볼 겁니다.
얼마 전 안을 슬쩍 들여다보았더니
멋진 사자 무늬의 금화들이 들어 있습디다.

파우스트 내 사랑하는 애인을 치장해 줄　　　3670
패물이나 반지는 없더란 말이냐?

메피스토펠레스	그런 물건도 하나 보았는데,
	진주를 꿰어놓은 실 같았어요.
파우스트	그거 잘됐다! 선물도 없이
	그 애에게 가는 게 괴롭던 참이었다. 3675
메피스토펠레스	무어든 공짜로 재미를 보는 따위의
	불쾌한 일이 없도록 해드리리다.
	지금은 하늘 가득 별들이 빛나고 있으니,
	진짜 예술 같은 노래 한 곡을 들려드리지요.
	그 앨 더 잘 유혹하기 위해 3680
	도덕적인 노래를 부르렵니다.

(기타에 맞춰 노래한다)

카타리나 아가씨야,

이렇게 이른 새벽

임의 집 문전에서

무얼 하느냐? 3685

아서라, 조심해라!

녀석은 너를

처녀로 불러들이지만

처녀로 내보내지는 않을걸.

부디 정신들 차려라! 3690

일단 일을 치르고 나면

그다음은 안녕이란다.

가련하고 가련한 소녀들아!

자기 몸을 아끼려면

어떤 도둑놈에게건   3695

절대 사랑을 주지 말아라,

손가락에 반지를 낄 때까지는.

발렌틴 (앞으로 걸어나오면서)

예서 누굴 유혹하려는 거냐? 이 못된 놈들아!

이 괘씸한 쥐잡이 놈들![37]

먼저 그놈의 악기부터 박살내 주마!   3700

다음엔 노래하는 놈 차례다!

메피스토펠레스 깡깡이가 두 동강이 났군. 아무 쓸모가 없

겠는걸.

발렌틴 이번엔 대갈통을 부숴놓겠다!

메피스토펠레스 (파우스트에게) 박사님, 피하지 말아요! 기

운을 내라고요!

내게 바짝 붙어서 시키는 대로만 하십쇼.   3705

먼지떨이를 뽑아요!

그냥 찌르기만 하라고요! 내가 지켜줄 테

니까.

발렌틴 이걸 받아봐라!

메피스토펠레스   이것도 못 막을까 봐!

---

37) Rattenfänger. 하멜른(Hameln)의 전설에 나오는 쥐잡이 사나이는 피리
를 불어 쥐를 잡았을 뿐 아니라 소녀들도 음악으로 유혹했다.

발렌틴   이번 것도!

메피스토펠레스   좋다!

발렌틴   꼭 악마와 싸우는 것 같구나!

웬일일까? 벌써 손이 마비되다니.   3710

메피스토펠레스 (파우스트에게) 찌르시오!

발렌틴   (쓰러진다)   아, 원통하다!

메피스토펠레스   이 건방

진 놈이 이제야 얌전해졌군.

하지만 튑시다! 당장 줄행랑을 놔야 됩니다.

벌써 〈살인이야!〉 하는 소리가 들리지 않

습니까?

경찰쯤이야 쉽게 해결할 수 있지만,

형사 재판에 연루되는 건 딱 질색이거든.   3715

마르테   (창가에서) 나와봐요! 나와봐요!

그레트헨 (창가에서)   등불을 좀

가져오세요!

마르테   (전과 마찬가지로) 욕하고 쥐어뜯고 악을 쓰

며 싸우고 있어요.

사람들   저기 벌써 하나가 죽어 자빠졌네!

마르테   (밖으로 나오면서) 살인한 놈들은 벌써 달

아났나요?

그레트헨 (밖으로 나오면서) 여기 쓰러져 있는 사람이

누구죠?

사람들   네 엄마의 아들이다.   3720

그레트헨 오, 하느님! 이 무슨 변고인가요!

발렌틴 나는 죽는다! 쉽게 한 말이지만,

이보다 더 빨리 죽게 될 게다.

그대 여인네들, 무엇 때문에 울고불고 야단
    이오?

이리 다가와 내 말을 들어보오.   3725

(모두 그의 주위로 다가간다)

그레트헨, 애야! 넌 아직 어려서

철이 들지 못했나 보다.

네 일을 이 지경으로 만들어놓다니.

네게만 터놓고 하는 말이지만,

이제 넌 창녀가 되고 말았어.   3730

그게 네게 어울리는지도 모르겠다.

그레트헨 오, 하느님! 오빠! 그 무슨 말씀이에요?

발렌틴 농담이라도 하느님을 입에 담지 말아라.

유감스럽지만 일어난 일은 어쩔 수 없는 법,

앞으로 어떻게든 되어가겠지.   3735

한 녀석하고 은밀한 관계가 시작됐지만

멀지 않아 상대의 수가 늘어날 것이고,

우선 한 다스쯤 되었다가

급기야 온 마을이 널 소유하게 될 게다.

죄악의 씨라도 배게 되면,   3740

남모르게 슬그머니 낳아서

처음엔 어둠의 베일로

그놈의 머리와 귀를 푹 덮어씌울 수 있겠지.

아니 죽여버리고픈 마음도 들 거야.

하지만 그놈이 자라서 크게 되면,   3745

백주에 거리를 쏘다녀도

신통하게 봐주질 않을 게다.

그놈의 얼굴이 흉측해질수록

더욱 백주의 햇빛을 찾게 되겠지.

정말로 그 순간이 눈에 선하구나.   3750

점잖은 마을 사람들이 모두

전염병으로 죽은 시체라도 보듯

창녀가 된 네 곁을 피해 가는 양이.

그들이 네 눈을 들여다볼 때마다

네 마음은 얼마나 절망으로 찢어지겠느냐!   3755

금목걸이도 이젠 걸고 다닐 수 없으리라![38]

교회에선 제단 앞에 설 수도 없으리라!

아름다운 레이스 깃을 달고

춤추며 즐길 수도 없을 것이다!

캄캄한 비탄의 구석에 처박혀   3760

거지와 병신들 사이에서 숨어지낼 것이다.

비록 하느님이 널 용서하신다 해도,

---

38) 1600년경 프랑크푸르트의 경찰령에 의하면, 창녀는 금목걸이를 걸고
교회에 입장할 수 없었다.

지상에서는 저주받은 몸이 될 게다!

마르테 하느님께 당신의 영혼이나 구해달라고 은

총을 구하세요!

남을 험담한 죄까지 더 얹으려고 그러세요? 3765

발렌틴 이 부끄러운 뚜쟁이 년아!

네 말라빠진 몸뚱이를 요절냈으면 좋겠다.

그러면 내 모든 죄를 사하고

하느님의 용서를 충분히 받을 수 있게 말이다.

그레트헨 오빠! 지옥의 고통이 이보다 더할까요! 3770

발렌틴 애야, 눈물을랑 거두어라!

네가 명예를 버렸을 때,

내 마음의 충격은 정말 컸다.

나, 죽음이란 잠을 통해

군인답게 씩씩하게 하느님께 나아가겠다. 3775

(죽는다)

성당

장례 미사. 오르간과 노랫소리.

그레트헨이 많은 사람들 사이에 앉아 있고, 뒤에는 악령이 있다.

악령 그레트헨, 너는 많이 변했구나.

네가 아직 순진무구했을 땐,

여기 제단 앞으로 나와

낡은 기도서를 펼쳐 들고,

더듬더듬 기도를 올렸었지.   3780

반은 어린애다운 장난기에서,

반은 마음속에 하느님을 생각하면서!

그레트헨!

네 정신은 어디 갔느냐?

네 가슴속엔   3785

이 무슨 못된 생각이란 말이냐!

너로 인해 기나긴 고통의 잠에 빠져버린

어머니의 혼령을 위해 기도하는 거냐?

너의 집 문지방에는 누구의 피가 흘렀더냐?

─그리고 네 가슴 아래에선   3790

이미 죄악의 씨가 꿈틀거리면서

너와 자신의 존재가 염려스러운 듯

불안에 차 있지 않으냐?

그레트헨 괴롭구나! 괴롭구나!

내 마음속을 오락가락하면서   3795

날 질책하는 이 생각에서

벗어날 수 없을까!

합창 진노의 날이 오면

그날, 세상은 재로 변하리라.

오르간 소리

악령	신의 노여움이 널 사로잡으리라!	3800
	심판의 나팔소리 울리리라!	
	무덤들이 진동하리라!	
	네 영혼은	
	재 속에서 쉬다가	
	고통의 불길로	3805
	다시 피어나	
	떨게 되리라!	

그레트헨 여기에서 나가고 싶구나!
　　　　　오르간 소리는
　　　　　내 숨통을 틀어막고,　　　　　3810
　　　　　노랫소리는 내 심장을
　　　　　속속들이 녹여버리는 것 같구나.

　合창 그리하여 심판관이 자리에 앉으면,
　　　　숨겨진 일 모조리 밝혀지고,
　　　　벌 받지 않는 일 하나도 없으리라.　　3815

그레트헨 너무나 답답하다!
　　　　　벽의 기둥들이
　　　　　날 사로잡는다!
　　　　　저 둥근 천장이
　　　　　날 내리누른다! ― 아, 숨 막혀!　　3820

　악령 숨어보아라! 그러나 죄와 치욕은
　　　　감출 수 없을 것이다.
　　　　숨이 막힌다고? 눈앞이 캄캄하다고?

불쌍하구나.

합창 가련한 나, 그때 무어라고 말할까?　　　　　　　3825

어느 정령에게 내 보호를 간청할까?

올바른 사람들도 불안한 그때에.

악령 죄를 씻은 자들은 너로부터

얼굴을 돌리리라.

순결한 자들은 몸서리치며　　　　　　　　　　3830

네게 손 내밀기를 꺼리리라.

불쌍하구나!

합창 가련한 나, 그때 무어라고 말할까?

그레트헨 옆에 계신 아주머니! 당신의 향수병³⁹⁾을

좀! ―

(기절하고 쓰러진다)

발푸르기스의 밤

하르츠의 산속, 시에르케와 엘렌트 지방.

파우스트와 메피스토펠레스 등장

메피스토펠레스 빗자루를 원치 않으십니까?　　　　　3835

_____

39) 여인들은 교회에 나갈 때, 긴 예배 때문에 기절하거나 졸리운 것을 막기 위해 향수병을 갖고 다녔다.

나에겐 아주 힘센 산양이라도 한 마리 있
　　었으면 좋겠군요.
이 길이 목적지에 도달하기까진 아직 요원
　　하답니다.

파우스트 　내 두 다리가 아직 싱싱하게 느껴지는 한,
이 마디 많은 지팡이로 족하다.
길을 재촉한들 무슨 소용이 있겠느냐! ―　　　3840
미로와 같은 골짜기를 빠져나와
샘물이 끊임없이 솟아 흐르는
이 암벽들 위로 올라가는 것이
흥겹게 길을 찾아가는 즐거움이렷다!
봄빛이 벌써 백양나무 사이에 완연하고　　　3845
전나무까지도 봄기운에 젖어 있다.
그러니 우리의 사지에도 그 영향이 미치지
　　않겠느냐?

메피스토펠레스 　실인즉, 소생에겐 아무 느낌도 없소이다!
내 몸속은 아직도 엄동설한이에요.
이 길에 눈과 서리가 내렸으면 하고 바랄
　　정돕니다.　　　　　　　　　　　　　　3850
저 이지러진 모양의 붉은 달이
느지막이 빛을 발하며 떠오르는 모습 처량
　　하기도 하군요.
그 빛이 신통치 않아서 걸음을 옮길 때마다
혹은 나무에, 혹은 바위에 부딪힐 지경입

니다.

실례지만 도깨비불을 좀 불러야겠소이다!   3855

저기 마침 잘 타오르고 있는 놈이 하나 있
군요.

여보게 친구! 우리에게 좀 와주겠는가?

쓸데없이 빛을 발하고 있을 필요가 있는가?

선심을 써서 이 오르막길을 좀 비춰주게나!

도깨비불   분부 받자와 제 경망스러운 천성을   3860
고쳐보도록 애쓰겠나이다.

우리들의 발걸음이 원래 갈짓자 걸음이라
서 말입니다.

메피스토펠레스   아니, 이 녀석이 인간의 흉내를 낼 참이구먼.

악마의 이름으로 명하건대 똑바로 걷도록
해라!

안 그랬다간 네 생명의 불꽃을 불어서 꺼
버리겠다.   3865

도깨비불   나리께서 우리 문중의 어른이란 건 알고
있어요.

기꺼이 분부대로 따르겠소만,

한 가지 명심하십쇼! 오늘은 온 산이 신들
린 듯 요란법석하리라는 사실을.

어차피 도깨비불로 나리의 길을 밝히는 마
당에,

너무 까다롭게 굴지는 말아주십시오.   3870

파우스트, 메피스토펠레스, 도깨비불 (교대로 노래 부른다)

꿈의 나라로, 마법의 나라로
우리 어느새 들어왔나 봐.
잘 안내하여라, 영광스러운 마음으로.
우리 어서 앞으로 내달아
넓고 황량한 벌판으로 나아가자!   3875
나무들 그리고 또 나무들
재빨리 스쳐 지나가누나.
암벽들은 허리를 굽히고,
기다란 바위의 콧날들
드르렁드르렁 코를 고누나!   3880
돌 틈으로 풀밭 사이로
크고 작은 개울물 흘러내린다.
물소리일까? 노랫소리일까?
천국 같던 젊은 날의 음성,
달콤한 사랑의 하소연일까?   3885
우리의 희망, 우리의 사랑,
먼 옛날의 전설처럼
메아리되어 울려온다.

우우! 슈우우! 가까이서 들려오는
올빼미, 푸른 도요, 어치새의 울음소리.   3890
너희들 아직 깨어 있느냐?

덤불 속을 기어가는 건 도롱뇽인가?

긴 다리, 볼록한 배때기!

뱀 같은 나무 뿌리들,

바위와 모래에서 꼬불꼬불   3895

이상한 띠를 내뻗어

우리를 놀라게 해 잡으려 하누나.

살아 움직이는 듯한 옹이 자리로부터

해파리 같은 줄기가 뻗어나와

나그네의 다리를 휘감누나.   3900

형형색색의 쥐들 떼를 지어

이끼와 풀밭 속을 들락날락!

반딧불도 떼지어

어지러이 날아다니며

나그네의 갈 길을 혼란케 한다.   3905

하지만 말해다오, 우리는 서 있는 것이냐?

아니면 계속 가고 있는 것이냐?

모든 게 빙빙 도는 것만 같다.

얼굴을 찡그린 암벽과 나무들.

점점 늘어나고 부풀어가는   3910

혼란한 도깨비불까지도.

메피스토펠레스 내 옷자락을 단단히 잡아요!

여기는 산의 중간 봉우립니다.

맘몬 신의 황금이 산중에서 얼마나 빛나

　　　　　 는지

　　　　　 모두들 보고 놀라는 곳이지요. 　　　　　　3915

　파우스트 　저 골짜기가 먼동이 틀 때처럼

　　　　　 희미하게 빛나는 게 신기하구나!

　　　　　 깊은 심연의 목구멍까지

　　　　　 은은히 스며드는 빛.

　　　　　 저편엔 증기가 오르고, 김이 모락모락, 　　3920

　　　　　 이편엔 자욱한 안개 속에 활활 타오르는

　　　　　　　불꽃,

　　　　　 실처럼 살금살금 기어가는 불꽃,

　　　　　 샘물처럼 콸콸 솟구쳐오르는 불꽃.

　　　　　 여기선 수많은 광맥이 되어

　　　　　 온 골짜기에 굽이치다가, 　　　　　　　3925

　　　　　 저기 비좁은 구석에 몰리면

　　　　　 갑자기 산산이 흩어져버린다.

　　　　　 황금빛 모래를 뿌려놓은 듯

　　　　　 가까이서 피어오르는 불꽃들.

　　　　　 보라! 저 바위절벽엔 　　　　　　　　3930

　　　　　 아래에서 위까지 온통 불이 붙었구나.

메피스토펠레스 　맘몬 신께서 오늘의 축제를 위해

　　　　　 궁전을 화려하게 불 밝혀놓은 게 아닐까요?

　　　　　 저걸 볼 수 있다니, 당신은 복받은 거외다.

　　　　　 벌써 성급한 손님들이 몰려드는 느낌입니다. 3935

　파우스트 　허공에서 미친 듯 회오리바람이 휘몰아치

252

는구나!

억센 힘으로 내 목덜미를 후려치는군!

메피스토펠레스 이 바위의 늙은 갈비뼈를 꼭 붙들어야 합
니다.

안 그랬다간 저 깊은 심연의 바닥으로 떨
어져버릴 테니까.

안개가 끼어 밤이 더욱 어둡군요.   3940

들어보세요, 숲속에서 우지끈 뚝딱 하는
소리를!

부엉이들이 질겁해서 날아가는군요.

들어보세요, 영원히 푸른 궁전에서

기둥들이 무너지는 소리를!

우지직 부러지는 나뭇가지들!   3945

핑음을 내며 쓰러지는 나무둥치들!

뿌리도 부지직 아가리를 벌리네요!

무섭게 얽히고 쓰러지며

모든 게 뒤죽박죽 비명을 질러댑니다.

파편들로 가득 찬 골짜기마다   3950

바람소리만 윙윙 구슬픕니다.

공중에서 들려오는 소리가 들립니까?

먼 곳에서, 가까운 곳에서 들리는 소리도?

그렇습니다, 온 산 가득히

미친 듯 마법의 노래가 울려퍼지는군요!   3955

마녀들의 합창   마녀들 브로켄산으로 가네.

그루터기는 노란색, 묘목은 초록색.

거기 엄청난 무리 모여 오니

우리안[40] 두목께서 상석에 오르네.

돌뿌리 나무뿌리 넘어가면서   3960

마녀는 방×를 뀌고, 숫염소는 악취를

    풍기네.

목소리   바우보[41] 할멈이 혼자 오신다.

암돼지를 타고 오신다.

합창   존경받을 분은 존경해야지!

바우보 할머니 앞장서세요! 그리고 안

    내해 줘요!   3965

튼튼한 돼지를, 그것도 어미 돼지를 타

    시고요,

모든 마녀들 그 뒤를 따릅니다.

목소리   너는 어떤 길로 왔니?

목소리   일젠슈타인 고개를 넘

어왔지!

---

40) Urian. 독일 북부의 민간신앙에 나오는 악마의 이름.

41) Baubo. 그리스의 여신 데메테르의 유모. 여기서는 음탕한 마녀의 우두
머리.

그때 올빼미 집을 들여다봤더니,

두 눈을 부릅뜨고 있더군!

목소리   아이고, 저런!   3970

왜 그렇게 빨리 달리지?

목소리   그것이 날 할퀴었단 말이야.

이 상처 좀 보라지!

마녀들의 합창   길은 넓고, 길은 멀다.

왜 미친 듯 밀치고 야단이람?   3975

쇠스랑은 찌르고 빗자루는 할퀸다.

애새끼는 질식하고 어미는 배 터진다.

마녀들의 두목, 절반의 합창

우린 껍질 쓴 달팽이 모양 엉금엉금.

여자들은 모두 앞서갔구나.

악마의 집 찾을 땐 언제나   3980

여자들이 천 걸음이나 앞서가니까.

나머지 절반   여자들이 천 걸음 앞서간들

우리는 조금도 상관치 않아.

그것들이 제아무리 서둘러 간들

남자들은 한달음에 따라잡거든.   3985

목소리   (위에서) 함께 가자, 함께 가. 바위호수에서

나오너라!

목소리 (아래에서) 우리도 공중 높이 오르고 싶어.

몸을 씻어 그야말로 반짝반짝하지만

어린애는 영영 뺄 수 없다오.

양쪽의 합창 바람은 자고 별은 달아나고,   3990

흐릿한 달도 모습을 감춘다.

마법의 합창소리 요란한 속에

무수한 불꽃이 튀어오른다.

목소리 (아래에서) 멈춰라! 멈춰라!

(위에서) 저 바위틈에서 누가 부르는가?   3995

(아래에서) 날 데려가 다오! 날 데려가 다오!

벌써 삼백 년이나 기어오르는데도

봉우리까지 도달할 수가 없구나.

우리 패거리들과 꼭 어울리고 싶건만.

양쪽의 합창 빗자루에 태워주고, 막대기에 태워준다.   4000

쇠스랑에 태워주고, 숫염소에도 태워준다.

오늘 오를 수 없는 자는

영원히 버림받은 낙오자로다.

반(半)마녀 (아래에서) 전 오랫동안 종종걸음 쳤지요.

하지만 남들은 벌써 저만치 가 있어요!   4005

집에 있으면 마음이 편치 않고,

그렇다고 여기 와도 초조하긴 매한가지예요.

마녀들의 합창   고약은 마녀들에게 용기를 주나니,

넝마 하나면 좋은 돛이 되고,

어떤 통이든 좋은 배가 된다.   4010

오늘 날지 못하는 자, 영원히 날지 못하리.

양쪽의 합창   우리가 산봉우리 위를 날아갈 때,

너희들은 땅바닥을 기어오너라.

넓고 아득한 들판을 뒤덮어라.

떼 지어 몰려드는 마녀들아.   4015

마녀들, 내려앉는다.

메피스토펠레스   밀고 찌르고 바스락대고 덜그럭거린다!

식식거리고 빙빙 돌고 잡아당기고 떠들어

댄다!

빛나고 번쩍대고 악취를 풍기고 타오른다!

진짜 마녀의 본성이로다!

날 꼭 잡아요! 그렇지 않았다간 당장 헤지

고 말 거요.   4020

어디에 있나요?

파우스트   (떨어진 곳에서) 여기 있다!

메피스토펠레스   아니! 벌써 게까지

밀려갔나요?

이쯤 되면 문중의 권한을 행사할 수밖에
  없구면.

비켜라! 폴란트[42] 공자님께서 오셨다! 귀
  여운 무리들아, 비켜라!

박사님, 여깁니다. 날 꼭 잡아요! 이제 한달
  음에

이 소란을 벗어나기로 합시다.   4025

여기선 나 같은 놈도 미칠 지경이군요.

저 옆에 아주 이상한 것이 빛을 내고 있네요.

왠지 저 덤불로 가보고 싶군요.

어서 와요, 어서! 우리 저 속으로 들어가
  봅시다.

파우스트 이 모순에 가득 찬 놈! 좋다, 가자! 어디든
  안내하라!   4030

생각해 보니, 꽤 영리한 짓을 했구나.

발푸르기스의 밤에 브로켄산을 찾아와서는

자네 멋대로 이런 곳에 동떨어져 있다니!

메피스토펠레스 저길 좀 봐요. 얼마나 현란한 불꽃입니까?

유쾌한 패거리가 모여 있군요.   4035

숫자가 적다고 외로운 게 아니지요.

파우스트 하지만 난 오히려 저 위쪽으로 가고 싶네!

---

42) Voland. 중고독어(中高獨語)에서는 악마를 폴란트라고 불렀다.

어느새 불길과 소용돌이치는 연기가 보이
   는군.

많은 무리가 악령에게 몰려가고 있으니

거기선 필시 많은 수수께끼가 풀릴 수 있

   을 게다. 4040

메피스토펠레스 하지만 많은 수수께끼가 얽힐 수도 있지요!

커다란 세계는 떠들게 내버려두고

우리 여기 조용한 곳에 자리를 잡읍시다.

커다란 세계 속에 작은 모임을 만드는 건

오래전부터 내려온 습관이올시다. 4045

저길 봐요. 온통 발가벗은 젊은 마녀들과

용케 몸을 가린 늙은 마녀들을요.

내 체면을 봐서라도 친절히 대해주세요!

조금만 애를 써도, 즐거움은 클 것입니다.

무슨 악기 소리가 들리는군요! 4050

망할 놈의 코 고는 소리! 별수 없이 그것에

   익숙해져야겠군.

자, 갑시다! 별도리가 없소이다.

내가 앞장서 당신을 안내한 다음

새로운 인연을 맺어드리리다.

어때요, 친구? 결코 작은 장소가 아니지요. 4055

앞을 내다봐요! 끝이 보이지 않지요?

무수한 모닥불이 줄줄이 타오르고 있군요.

춤추고 지껄이고 끓이고 마시고 사랑하고—

이보다 더 좋은 곳이 있으면 말해보세요!

파우스트 우리가 여기에 어울릴 때,   4060

자네는 마술사 노릇을 할 건가, 악마 노릇

을 할 건가?

메피스토펠레스 난 신분을 숨기고 다니는 일에 익숙해 있

지만,

이런 축제일엔 훈장을 내보이고 싶지 않겠

습니까?

양말대님[43]쯤으론 내세울 게 못 되지만,

여기 우리 문중에선 말발굽이 최고의 영

예지요.   4065

저기 달팽이가 보입니까? 이쪽으로 기어오

는 저놈 말이에요.

녀석의 더듬대는 촉각으로

벌써 내게서 무슨 냄새를 맡은 모양입니다.

아무래도 여기선 내 정체를 감출 수가 없

군요.

갑시다! 이 불에서 저 불로 돌아다녀 봅시다.   4070

나는 중매쟁이이고, 당신은 구혼자올시다.

(꺼져가는 숯불 주위에 앉아 있는 몇몇에게)

노인장들, 이런 구석에서 무얼 하고 계십

니까?

---

43) Knieband. 가터(Gater) 훈장. 영국의 최고 훈장에 해당된다.

당당히 저 한가운데로 나아가

질탕하게 놀아나는 젊은이들 사이에 끼는

게 어떨는지요?

외롭게 앉아 있는 건 집에서도 할 수 있을

테니까요.   4075

장군[44] 누가 국민을 믿고 싶겠소.

그들을 위해 그토록 많은 공을 세웠는데!

백성들이란 마치 여자들 같아서

늘 젊은 놈들만 추켜세운단 말이오.

장관 요즘 사람들은 너무나 정도(正道)에서 벗

어나 있소.   4080

옛사람들을 칭송하고 싶구려.

우리가 모든 일을 쥐고 흔들던

그때야말로 진정 황금시대였지요.

벼락부자 우리는 정말 어리석지 않았지요.

해서는 안 될 일도 자꾸 해치웠으니까.   4085

하지만 한몫 단단히 잡아보려는 판국에

덜컥 세상이 뒤집히고 말았지 뭡니까.

작가 요즈음엔 도대체 어느 누가

슬기로운 내용이 담긴 책 따위를 읽으려

---

44) 장군(General), 장관(Minister), 벼락부자(Parvenu) 등은 프랑스혁명 기간에 독일로 망명한 부류로서 혁명 전의 앙시앵레짐을 그리워하지만, 결국 새로운 세대에 의해 버림받은 망령들이나 마찬가지다.

해야 말이지!

요사이 젊은 놈들을 두고 말하자면,   4090

이토록 시건방진 때도 아직 없었을걸.

메피스토펠레스 (불쑥 아주 늙은이 꼴을 하고 나타나서)

저도 이 마녀의 산에 마지막으로 올라왔지만,

이 백성들에게 최후의 날이 무르익은 것

　　같군요.

내 술통에서 탁한 술이 흘러나오는 걸 보

　　아한즉

세상이 다 기운 모양입니다.   4095

고물상 마녀 어르신네들, 그냥 지나가지 마세요!

이 좋은 기회를 놓쳐선 안 됩니다!

우리 집 물건들을 잘 살펴보세요.

오만가지 것들이 여기 다 있답니다.

세상의 다른 물건들과는 틀려서   4100

우리 상점의 물건치고

인간과 세상에 대해

큰 해를 끼치지 않은 게 없답니다.

피를 보지 않은 비수도 없고,

뜨거운 독을 쏟아넣어   4105

건강한 육체를 죽게 만들지 않은 술잔도

　　없고,

사랑스러운 계집을 꾀어내지 않은 패물도

　　없으며,

맹약을 깨뜨리거나

등 뒤에서 상대방을 찌르지 않은 검 또한
없답니다.

메피스토펠레스 이봐요, 아주머니! 당신은 세상 물정을 잘
모르시는군요.   4110

저지른 일은 지난 일, 지난 일은 저지른 일
이와다!

좀 새로운 걸 진열해 놓으세요!

새로운 것만이 우리의 마음을 끌 수 있으
니까.

파우스트 이거 도무지 정신을 못 차리겠구먼!

이건 마치 큰 시장이 열린 것 같군!   4115

메피스토펠레스 온 무리가 위쪽으로만 올라가려 하는군요.

당신은 밀고 있다고 생각하겠지만, 실은 밀
리고 있는 겁니다.

파우스트 저건 대체 누구지?

메피스토펠레스   자세히 살펴보세요!

저건 릴리스[45]군요.

파우스트   누구라고?

메피스토펠레스   아담의 첫번째

마누라지요.

---

45) Lilith. 유대인의 미신에 나오는 밤의 유령. 아담의 첫 부인이었으나 싸
운 후 헤어져 마귀의 첩이 되었다고 한다.

Mephistopheles. Die Kleine möcht’ ich mir verpfänden …
Lacerte schlüpft mir aus den Händen
und schlangenhaft der glatte Zopf!
Dagegen faß’ ich mir die Lange …
Da pack’ ich eine Thyrsusstange,

프란츠 슈타센,

메피스토펠레스와 늙은 마녀

	그녀의 예쁜 머리카락을 조심하세요.	4120
	유일하게 자랑하는 보물이지요.	
	저것으로 젊은 놈을 호리게 되면	
	쉽사리 놓아주질 않는답니다.	

파우스트 저기 둘이 앉아 있군. 늙은 여자와 젊은 여
자가.

벌써 어지간히 흔들어댄 모양이구먼!　　4125

메피스토펠레스 오늘 같은 날은 휴식이 없는 법이지요.

새로 춤이 시작되는군요. 자, 갑시다! 우리
도 끼어봅시다.

파우스트 (젊은 마녀와 춤을 추면서)

언젠가 나는 아름다운 꿈을 꾸었지.

그때 한 그루 사과나무를 보았네.

예쁜 사과 두 개[46]가 빛나고 있었어.　　4130

내 마음 이끌려 그 위로 올라갔네.

아름다운 마녀 이미 낙원의 시절부터

당신들은 사과를 무척 탐냈죠.

내 정원에도 그런 게 열려 있으니

너무 기뻐 가슴이 울렁이네요.　　4135

메피스토펠레스 (늙은 마녀와 함께)

언젠가 나는 황당한 꿈을 꾸었지.

그때 한 그루 갈라진 나무를 보았네.

---

46) 중세 이래로 사과는 여인의 유방을 의미하는 데 자주 사용되었다.

그건 ××[47) 하나를 갖고 있었지.

××[48)는 했지만, 내 맘에 들었네.

늙은 마녀   말발굽을 가진 기사님,   4140

진심으로 당신을 환영합니다!

그 ××이 싫지 않으시다면

알맞은 ××[49)를 준비하세요.

엉덩이 시령사(視靈師)[50)   이 저주받을 놈들아! 이게 무슨 수

작들이냐?

도깨비가 온전한 두 다리로 설 수 없음은   4145

오랜 옛날부터 증명된 일 아니냐?

그런데도 우리 인간처럼 춤을 추려 하다니!

아름다운 마녀   (춤을 추면서) 저 사람은 도대체 우리 무도

회에서 무얼하자는 거죠?

파우스트   (춤을 추면서) 에이! 저 녀석은 어디 안 가

는 데가 없어.

다른 사람이 춤을 추면 꼭 한마디 거들어

야 하는 놈이야.   4150

자기가 잔소리해 보지 않은 스텝은

---

47) '구멍'의 복자(覆字).

48) '크기'의 복자.

49) '마개'의 복자.

50) Proktophantasmist. 엉덩이로 정령을 보는 사람. 여기서는 계몽주의자 프리
드리히 니콜라이(Friedrich Nicolai, 1733~1811)를 풍자하고 있다. 그는 괴테의 작
품을 패러디한 「젊은 베르테르의 기쁨」을 썼고, 괴테와 실러를 자주 공격했다.

밟지 않은 스텝이나 마찬가지라는 거야.

녀석이 제일 싫어하는 건 춤추며 앞으로

　나아가는 거야.

낡은 물레방아 모양

한군데서만 빙빙 돌아가면,　　　　　　　4155

좌우간 최고로 만족스럽다는 거지.

정중하게 비평을 청하기라도 하면 특별히

　좋아하지.

엉덩이 시령사　아직도 여기에 있다니! 아니, 그건 있을 수

　없는 일이야.

꺼져버려라! 우리가 그다지도 계몽을 시켜

　주었건만!

악마의 무리란 규칙도 무시하는 놈들이구나.　4160

우리가 이렇게 현명한데도, 테겔[51] 지방에

도깨비가 나오다니.

나 얼마나 오랫동안 그 미신을 일소하려고

애썼던가.

그런데도 깨끗해지질 않았으니 한심한 노

　릇이로다!

---

51) Tegel. 훔볼트(Humboldt)가(家)의 영지가 있던 지방. 이곳에 도깨비가
나온다는 소문에 대해 니콜라이가 부정하는 강연을 한 바 있는데, 유령을
보게 되는 것은 뇌의 충혈 때문이므로 엉덩이에 거머리를 붙여 피를 뽑으면
치료가 된다고 주장했다.

아름다운 마녀   그런 따분한 소릴랑 집어치워요!

엉덩이 시령사   너희 도깨비들의 얼굴에 대고 말하거니와,   4165

정신의 독재를 난 견딜 수가 없다.

내 정신은 그런 짓을 할 수도 없느니.

(계속 춤을 춘다)

오늘은 어떤 일도 이루어질 것 같지 않구나.

하지만 늘 여행기[52]를 지니고 있으니,

내 마지막 발걸음을 내딛기 전에   4170

악마와 시인들을 꼼짝 못 하게 할 테다.

메피스토펠레스   저놈은 곧 시궁창에 주저앉을 거요.

그것이 저 친구의 기분풀이 방식이지요.

그래서 거머리가 엉덩이에 붙게 되면,

도깨비와 정령들로부터 해방되는 것이죠.   4175

(춤추다 떨어져 나온 파우스트에게)

왜 그 예쁜 계집앨 놓아주었지요?

춤을 추며 아주 사랑스럽게 노래하던데.

파우스트   에이, 끔찍해! 한참 노래를 부르는데

빨간 쥐새끼[53] 한 마리가 입에서 튀어나오

는 거야.

메피스토펠레스   그거 진짜로군! 뭐 대수롭게 생각지 말아요.   4180

---

52) 열두 권에 달하는 니콜라이의 여행기를 말한다.
53) 민간신앙에 의하면, 잠자는 마녀의 혼이 빨간 생쥐가 되어 돌아다니다
가 깨어나기 전 다시 입속으로 들어간다고 한다.

큰 회색 쥐가 아닌 것만도 다행이군요.

한참 재미 보는 판에 그런 걸 따질 게 뭡니까?

파우스트 그다음 내가 본 것은—

메피스토펠레스 　　　　　　　　　　뭐지요?

파우스트 　　　　　　　　　　　　　메피스토,

자네에게도 보이나,

저 멀리 창백하고 아름다운 아이가 홀로

서 있는 모습이?

천천히 비척이며 가는 양이　　　　　　　4185

두 발을 묶인 채 걷는 것 같아.

솔직히 말해서

그 애가 착한 그레트헨 같구나.

메피스토펠레스 그냥 내버려둬요! 누구에게도 좋은 일이

못 됩니다.

저건 마술의 영상이요, 생명 없는 환상이

지요.　　　　　　　　　　　　　　　　4190

저런 것에 걸리면 재미없어요.

뚫어지듯 바라보는 시선에 인간의 피가 굳고,

자칫했다간 돌멩이로 변하고 말지요.

물론 당신은 메두사[54]의 이야기를 알고 있

겠죠.

---

54) Medusa. 그리스신화에 나오는 괴녀. 그 몰골이 너무 흉측하여 한번 쳐
다본 사람은 그 자리에서 돌로 변했다고 한다.

파우스트　정말이야. 저건 사랑하는 손길로 감겨주지

　　　　못한　　　　　　　　　　　　　　　　　　　4195

　　　　죽은 여인의 눈동자야.

　　　　저건 그레트헨이 내게 바친 젖가슴이요,

　　　　내가 탐닉했던 달콤한 육체로다.

메피스토펠레스　저건 요술이라니까요. 당신은 바보처럼 잘

　　　　도 걸려드는군요!

　　　　저 앤 누구에게나 애인처럼 보일 겝니다.　　4200

파우스트　얼마나 기쁜 일인가! 얼마나 괴로운 일인가!

　　　　나는 저 시선을 피할 수가 없구나.

　　　　어쩌면 저 아리따운 목덜미를

　　　　한 올의 붉은 끈55)만으로 장식했을까?

　　　　칼등보다도 넓지 않은 끈으로 말이다!　　　4205

메피스토펠레스　정말 그렇군요! 내게도 그렇게 보이는데요.

　　　　저 애는 자기 머리를 겨드랑이에 끼고 다

　　　　　닐지도 모릅니다.

　　　　페르세우스56)가 그 목을 잘랐을 테니까.

　　　　늘 그런 망상을 즐겨서야 되겠어요!

　　　　이 조그만 언덕으로 올라갑시다.　　　　　4210

　　　　여기는 프라터57)만큼이나 즐거운 곳입니다.

---

55) 목이 잘려 죽은 유령의 표지.

56) Perseus. 메두사의 목을 잘랐다는 그리스신화의 인물.

57) Prater. 빈 중심부에 있는 유명한 광장.

내가 잘못 본 게 아니라면

연극도 구경할 수 있는 모양이외다.

거기서 공연하는 게 뭐요?

안내자   곧 다시 시작합니다.

새로운 것으로, 일곱 편 중 마지막 작품입

    니다.   4215

이렇게 많이 보여드리는 게, 이곳의 관습이

    지요.

작품을 쓴 자도 아마추어이고,

공연하는 자들도 아마추어입니다.

미안합니다, 여러분. 잠깐 자리를 비워야겠

    습니다.

저 역시 아마추어로서 막 올리는 일을 맡

    았지요.   4220

메피스토펠레스 너희를 브로켄산에서 만나다니 잘됐다.

여기는 너희들에게 안성맞춤인 곳이니까.

발푸르기스 밤의 꿈

혹은 오베론과 티타니아의 금혼식[58]

막간극

무대 주임   미딩[59]의 유능한 제자들아,

오늘은 우리 쉬어도 되겠다.

옛 산과 축축한 골짜기   4225

이것으로 무대는 충분하다!

선전 주임   금혼식을 치르기 위해선

오십 년의 세월이 지나야 하지요.

그러나 부부 싸움 다 지나고 나니,

금이 더욱 좋은 것이구나.   4230

오베론   너희 정령들아, 내 곁에 있거든

이 순간 모습을 나타내어라.

왕과 왕비께서

새로이 인연을 맺으셨다.

퍽60)   이 퍽이 나타나 한 바퀴 선회하고   4235

미끄러지는 스텝으로 줄지어 나가면,

수백 명이 내 꽁무니를 따라

나와 함께 즐기고 싶어하지요.

에어리얼61)   에어리얼은 천상의 맑은 음성으로

노래를 부르지요.   4240

---

58) 괴테가 1797년 셰익스피어의 『한여름 밤의 꿈』에서 힌트를 얻어 집필한 부분으로 파우스트 극과 상관없다. 오베론과 티타니아는 그 셰익스피어극에 등장하는 요정 이름.

59) 요한 마르틴 미딩(Johann Martin Mieding, 1725~1782). 바이마르 극장의 첫 무대 주임. 그의 죽음을 애도하는 괴테의 시가 있다.

60) Puck. 『한여름 밤의 꿈』에 나오는 장난꾸러기 요정. 가장무도회의 지휘자 노릇을 한다.

61) Ariel. 셰익스피어의 극 『폭풍우』에 나오는 공기의 요정.

그 소리에 못난이도 많이 몰려오지만,

이쁜이들도 유혹당하기 십상이에요.

오베론 금슬 좋게 지내고픈 부부들은

우리 두 사람에게서 배워라!

두 사람이 서로 사랑을 하려거든   4245

헤어져 살아볼 필요도 있느니.

티타니아 남편이 화를 내고, 아내가 심술을 부리면,

재빨리 두 사람 잡아가지고,

여자는 남쪽으로

남자는 북쪽 끝으로 보내는 게 좋아요!   4250

관현악 합주 (최강음으로) 파리 주둥이와 모기의 코,

그리고 그들의 일가붙이,

나뭇잎 속의 개구리와 풀숲의 귀뚜라미,

이들이 바로 연주자들이죠!

독창 보세요, 저기 낭적(囊笛)이 오네요!   4255

저건 비눗방울이랍니다.

저 납작코에서 나오는

슈네케슈니케슈나크 하는 소리 좀 들어

　보세요.

처음으로 형성된 정령 거미 다리에 두꺼비 배때기

그런 미물에 날개까지!   4260

그런 동물이 있을 리 없지만,

시의 세계엔 얼마든지 존재하지요.

젊은 한 쌍 종종걸음으로, 혹은 껑충껑충 뛰어서

달콤한 이슬과 향기 헤치며 간다.

하지만 아무리 총총히 달려가도   4265

하늘 높이 날지는 못하리라.[62]

호기심 많은 나그네 이건 가장무도회 장난이 아닌가?

내 눈을 믿어도 될까?

아름다운 신 오베론을

오늘 이곳에서 뵙게 되다니!   4270

정교(正敎)신자 발톱도 없고, 꼬리도 없네!

그래도 의심의 여지가 없어.

그리스의 신들과 마찬가지로

저 녀석도 악마임에 틀림없어.

북방의 예술가[63] 내가 붙들고 있는 건 오늘까지   4275

한낱 습작에 불과했지만,

나 적당한 시기가 되면

이탈리아 여행을 시도하련다.

순수파 아! 불행하게도 이런 곳엘 오다니.

정말로 방탕한 곳이로다!   4280

수많은 마녀들 우글대지만,

얼굴 단장한 건 둘밖에 없구나.

---

62) 사소한 일상사엔 충실하지만, 원대한 이상의 세계에 들지 못하는 시인
들을 풍자하고 있다.

63) 그리스, 로마 등 남방의 고전 예술의 진가를 모르는 북쪽의 예술가를
일컫는다.

젊은 마녀	분 바르고 옷 치장하는 건
	호호백발 할망구나 하는 짓이지.
	나는 벌거벗고 숫염소 등에 앉아	4285
	포동포동 탐스러운 몸 자랑한다오.

노귀부인 우리들 행실 바른 사람들은
네 따위들과 입씨름하기 싫지만,
젊고 나긋나긋한 너희들 몸뚱이
그냥 그대로 썩어버려라.　　　　　4290

악장(樂長) 파리 주둥이와 모기의 코,
벌거벗은 여자에게 몰려들지 마라!
나뭇잎 속 개구리와 풀숲의 귀뚜라미,
제발 박자 좀 맞추어라!

풍향기　(한쪽을 향해)
눈독 들일 만한 아가씨들이야.　　　4295
정말 멋진 신붓감뿐이라니까!
총각들도 한 사람 한 사람
앞길이 창창한 친구들이고.

풍향기　(다른 쪽을 향해)
이 대지가 입을 벌려
저것들을 몽땅 삼켜버리지 않는다면,　4300
나, 차라리 한달음에 곧장
지옥으로 뛰어들고 싶구나.

크세니엔[64] 우리는 작고 날카로운 집게발을 가지고
곤충의 모습으로 여기에 왔지요.

	우리의 어르신네인 사탄님께	4305
	정중한 인사를 드리려고요.	
헤닝스[65]	보라, 저놈들 떼를 지어	
	함께 질탕히 놀아나는 꼴을!	
	하지만 마지막엔 말하겠지.	
	자기들은 마음 착한 놈들이라고.	4310
무자게트	이 마녀들의 무리에 끼여	
	기꺼이 놀아나고 싶구나.	
	시신(詩神) 뮤즈들보다는 물론	
	마녀들 다루기가 훨씬 수월하니까.	
전(前)시대 정신[66]	훌륭한 사람들하고는 뭔가 이룰 수 있	
	을 거야.	4315
	이리 와서 내 옷자락을 잡으라!	
	브로켄산도 독일의 파르나스[67]처럼	
	봉우리가 꽤 넓으니까 말이야.	
호기심 많은 나그네	여봐요, 저 무뚝뚝한 남자[68]는 누구요?	

---

64) Xenien. 괴테와 실러 합작의 2행 시집. 당시 문인과 학자들의 속물근성과 무능함을 비판. 여기선 벌레의 모습으로 의인화되었다.

65) 아우구스트 아돌프 폰 헤닝스(August Adolph von Hennings, 1746~1826). 『크세니엔』에서 괴테와 실러의 공격을 받았던 작가. 그는 두 사람을 비기독교 작가라고 비판했으며 『무자게트(Musaget)』라는 시집을 내놓았다.

66) Ci-devant Genius der Zeit. 헤닝스가 편찬한 잡지《시대의 정신(Genius der Zeit)》이 1800년 이후부터 《19세기 정신》으로 바뀌었기 때문에 먼저 것을 '전시대 정신'이라 칭했다.

67) Parnaß. 시의 신 아폴로와 뮤즈들이 사는 곳.

	아주 거만하게 걸어가는데	4320
	캐닐 만한 것은 모두 캐내는 친구죠.	
	〈예수회의 흔적을 냄새 맡고 다닌다〉 이	
	거죠.	
두루미[69]	난 맑은 물에서 고기 잡기를 좋아하지만,	
	흐린 물에서 잡기도 하지요.	
	그러니 보아두시구려. 점잖은 양반들이	4325
	악마들하고도 어울리는 양을.	
현실주의자[70]	정녕 경건한 사람들에겐	
	모든 기회가 다 적절하지요.	
	그러니 이 브로켄산에서조차	
	수많은 비밀집회를 여는 게 아니겠어요.	4330
춤추는 무리	저기 새 합창단[71]이 오는 모양이지요?	
	멀리서 북 치는 소리가 들리네요.	
	놔두세요. 그건 갈대숲에서 들려오는	
	해오라기 떼의 울음소리랍니다.	
무용교사	모두들 다리를 잘도 들어올린다!	4335

---

68) 니콜라이를 빗댄 말. 계몽주의자로서 종교적인 것에 반대하고 '예수회' 의 흔적을 캐내고 다녔음을 풍자하고 있다.
69) 취리히 출신의 저술가 요한 카스파르 라파터(Johann Kapar Lavater, 1741~1801)를 가리킨다. 고결한 성품 때문에 '두루미'로 묘사했지만, 혼탁한 일면도 지니고 있었다 한다.
70) Weltkind. 괴테 자신을 가리킨다.
71) 새 학설을 주장하는 철학자들을 가리킨다.

되도록 잘 보이려고 애쓰는구나!

꼽추는 깡총깡총, 뚱보는 뒤뚱뒤뚱,

제 꼴이 어떤지는 상관치 않는구나.

바이올리니스트 저 악당 놈들 서로를 미워하며

최후의 일격을 가하려고 하면서도,   4340

오르페우스[72]의 칠현금에 짐승떼 모여

들듯

여기선 낭적 소리에 하나가 되는구나.

독단론자 비판론과 회의론[73]을 가지고 아무리

외쳐도

나는 결코 빠져들지 않는다.

악마도 그 무엇임에 틀림없어.   4345

그렇지 않고서야 어찌 악마가 존재할

수 있담?

관념론자[74] 내 마음속의 환상이

이번엔 너무 화려하구나.

진정 그 모든 게 나의 자아라면

나도 오늘은 바보가 되겠구나.   4350

현실주의자 존재란 정말 두통거리군.

---

72) Orpheus. 그리스신화에 나오는 악사. 그의 음악이 너무 신묘하여 나무
와 바위, 그리고 짐승들까지 함께 흥겨워했다고 한다.

73) 칸트(Kant)의 비판론과 흄(Hume)의 회의론을 말한다.

74) 요한 고틀리프 피히테(Johann Gottlieb Fichte, 1762~1814)를 가리킨다.
그는 세계를 자아의식의 반영이라고 생각했다.

날 무척 괴롭히는군.

나 여기에 처음 서고 보니

내 발밑이 견고하지 못하구나.

초자연주의자   여기선 아주 유쾌하게   4355

이들과 함께 즐길 수 있구나.

악마의 편에서 추론해 보면

선량한 놈들도 있는 법이니까.

회의론자   불꽃의 뒤를 쫓아가면,

그들이 보물 가까이 갈 수 있다고 믿는

구면.   4360

악마와 회의(懷疑)는 서로 운(韻)이 맞

으니,[75]

여기에 오기는 잘한 셈이렷다.

악장   나뭇잎 속의 개구리, 풀숲의 귀뚜라미,

이 빌어먹을 아마추어들!

파리 주둥이와 모기의 코,   4365

그래도 너희는 연주자들이다!

처세에 능한 자들[76]   천하태평[77]이라,

이것이 유쾌한 친목회의 이름이오.

---

75) 독일어에서 악마는 Teufel, 회의는 Zweifel이니 서로 운이 맞다.

76) 프랑스혁명으로 세상이 바뀌었어도 재빠르게 처세를 잘하는 부류를 가리킨다.

77) Sanssouci. 프리드리히대왕이 포츠담에 세운 궁 이름.

더 이상 두 발로 걸을 수 없으면,

그땐 머리로 걸어다니죠.   4370

곤경에 처한 자들[78] 예전엔 알랑거려 먹을 것 많이 얻었지만

이젠 정말이지 끝장이에요!

우리의 신발은 춤을 추다가 닳아버렸고

이제는 맨발로 다니는 신세랍니다.

도깨비불   우리는 처음 늪에서 생겨나   4375

거기에서 이곳으로 왔소이다.

하지만 춤추는 대열에 끼자마자

제법 번쩍거리는 멋쟁이랍니다.

유성(流星)   별처럼 불꽃처럼 빛나면서

나는 하늘에서 떨어져내렸어요.   4380

지금은 풀숲에 누워 있는데 ―

누가 날 좀 일으켜주겠어요?

뚱보들   비켜라, 비켜! 썩 물러서라!

도깨비들 나가신다.

풀들도 납작 엎드리누나.   4385

도깨비들도 통통한 사지를 가졌네.

퍽   코끼리 새끼처럼 뒤룩거리며

어딜 감히 나타나느냐.

오늘 제일가는 뚱뚱보는

이 야성적인 퍽님뿐이로다.   4390

---

78) 프랑스혁명의 망명자들을 일컫는다.

아우구스트 폰 크렐링,
벌판 위에 서 있는 파우스트(오른쪽)와 메피스토펠레스(왼쪽)

에어리얼   자애로운 자연과 정령이

                 너희에게 날개를 주셨으니,

                 내 가벼운 발걸음 따라

                 장미의 동산[79]까지 따라오너라!

관현악   (아주 약하게) 흘러가는 구름과 자욱한

                   안개도   4395

                 위로부터 훤히 밝아오누나.

                 나뭇잎과 갈대 사이의 바람

                 모두 자취 없이 흩어졌도다.

흐린 날, 벌판

파우스트와 메피스토펠레스

파우스트   비참하구나! 절망이로다! 오랫동안 가엾게
도 세상을 방황하다가 이제 잡힌 몸이 되
다니! 박복하지만 착한 그녀가 죄인이 되
어 감옥 속에서 너무나 엄청난 고통을 당
하고 있구나! 그 지경까지 되다니! 그렇
게까지!—이 배신자, 아무짝에도 쓸모없

---

79) 크리스토프 마르틴 빌란트(Christoph Martin Wieland, 1733~1813)의
동화 『오베론』에는 장미의 동산에 요정의 성이 세워져 있다.

는 놈! 지금껏 그 사실을 숨겼더란 말이
냐!—그래, 그렇게 우두커니 서 있기나 해
라! 원망스럽다는 듯 악마의 눈알을 네 머
리통에서 이리저리 굴리기나 해라! 그 참
을 수 없는 형상으로 내게 맞서 반항해 보
아라! 그녀는 갇혀 있단 말이다! 돌이킬
수 없는 곤경에 처해 있단 말이다! 악령들
의 손에 넘겨져 비정한 재판관 앞에 서게
되었다! 그동안 네놈은 나를 내키지도 않
는 소일거리에 몰아넣었다. 날로 더해가는
그녀의 고통을 숨긴 채, 그녀를 절망의 구
렁텅이에 빠뜨리고 말았단 말이다!

메피스토펠레스 그런 꼴이 된 건 그 애가 처음은 아니올시다.

파우스트 이 개 같은 놈! 역겨운 짐승 놈아!—무한
한 정령이여, 이 벌레 같은 놈을 다시 개
의 형상으로 바꿔다오. 이놈은 그런 모습
으로 밤이면 좋아라고 내 앞을 뛰어다녔으
며, 죄 없는 나그네의 발치에서 뒹굴다가,
그가 쓰러지면 어깻죽지를 물어뜯곤 했다.
이놈을 다시 자기가 좋아하는 모양으로
바꿔다오. 그러면 내 앞 모래 위에서 배를
깔고 기어가겠지. 그때 이 망할 놈을 두 발
로 짓이겨주겠다!—그 애가 처음이 아니
라고!—비참한 일이로다! 비참한 일이야!

인간의 마음으론 도무지 이해할 수가 없구나. 이러한 비참함의 심연에 빠진 게 한 사람만이 아니라는 것이! 영원히 용서하시는 신 앞에서 사무치는 죽음의 고통을 첫번째 겪은 사람[80]만으로도 다른 자들의 죄를 사하지 못했다는 것이! 나는 한 여인의 슬픔만으로도 뼈와 살이 깎이는 것 같은데, 네놈은 수많은 사람들의 운명을 태연하게 조롱할 수 있단 말이지!

메피스토펠레스 이제 우린 다시 지혜의 한계에 도달했소이다. 이쯤 되면 당신들 인간들은 머리가 돌아버릴 거요. 끝까지 해낼 수도 없으면서, 왜 우리와 한통속이 된 겁니까? 날고는 싶은데 눈앞이 아찔해서 안 된다는 게요? 우리가 당신에게 강요한 거요? 아니면 당신이 우리에게 붙은 거요?

파우스트 네놈의 탐욕스러운 이빨을 내밀지 말아라! 구역질이 난다! 위대하고 장엄한 정령이여, 그대는 내게 모습을 보여주었을 뿐 아니라, 내 마음과 내 영혼을 알고 있을진대, 어찌하여 인간의 불행을 고소해하고 인간의 파멸을 즐거워하는 이 따위 비열한

---

80) 예수 그리스도를 가리킨다.

놈을 친구로 붙여주었는가?

메피스토펠레스 말 다 했나요?

파우스트 그녀를 구해내라! 그렇지 않으면 혼꾸멍을 내주겠다! 수천 년을 두고 네놈에게 가장 지독한 저주를 퍼부으리라!

메피스토펠레스 나는 심판자의 사슬을 풀 수도 없고, 감옥의 빗장을 열 수도 없어요.―그녀를 구하라고요?―그녀를 파멸로 몰아넣은 게 누구였던가요? 난가요? 당신인가요?

파우스트 (사납게 주위를 둘러본다)

메피스토펠레스 벼락이라도 잡으려는 겁니까? 당신들 가련한 인간에게 그런 게 주어지지 않아 다행이외다! 순진하게 대해주는 나를 박살내려 하다니, 마치 당황한 나머지 화풀이를 해대는 폭군 같은 꼴이군요.

파우스트 그녀에게 데려가 다오! 그녀를 구해내야겠다!

메피스토펠레스 당신이 당할 위험은 어떡하지요? 시내에는 아직 당신이 저지른 살인죄가 남아 있다는 걸 알아야 합니다. 살해당한 자의 무덤 위엔 복수의 영들이 떠돌며 살인자가 나타나기만을 기다리고 있어요.

파우스트 아직도 네 입에서 그런 말이 나오느냐? 세상의 살인과 죽음의 저주를 뒤집어쓸 괴물 단지야! 날 안내하라고 하지 않느냐? 그녀를 구하란 말이다!

메피스토펠레스 데려다주지요. 하지만 이봐요, 내가 뭘 할
수 있단 말이오! 내가 하늘과 땅의 모든 권
한을 가지고 있는 줄 아시오? 내가 간수의
정신을 혼몽하게 해놓을 테니 당신이 열쇠
를 빼앗아 그 앨 인간의 손으로 구출해 내
세요! 내가 망을 보리다! 마법의 말을 준
비했다가 당신들을 도망치게 하는 것, 이
게 내가 할 수 있는 일이외다.

파우스트 자, 출발하자!

밤, 넓은 들판

파우스트와 메피스토펠레스, 검은 말을 타고 쏜살같이 달려
온다.

파우스트 저것들은 형장(刑場) 근처에서 무얼 하고
있는 거냐?

메피스토펠레스 무얼 끓이고 만드는지 모르겠군요.   4400

파우스트 떠올랐다가는 가라앉고, 고개를 숙이거나
허리를 굽히기도 하는군.

메피스토펠레스 마녀의 무리올시다.

파우스트 무언가 뿌리면서 주문을 외우는구나.

메피스토펠레스 지나갑시다! 지나갑시다!

감옥

파우스트 (열쇠꾸러미와 등불을 들고, 조그만 철문 앞에
　　서서)

오랫동안 잊었던 두려움이 날 엄습하고,　　4405

인류의 온갖 슬픔이 날 사로잡는구나.

여기 축축한 담벼락 뒤에 그녀가 갇혀 있
　　겠지.

그녀의 죄란 한낱 악의 없는 망상에 불과
　　했건만!

그런데도 나는 그녀에게 가기를 망설이는
　　구나!

그녀를 다시 만나는 것을 두려워하고 있구나!　　4410

어서 가자! 나의 망설임은 그녀의 죽음을
　　재촉할 뿐이다.

(그는 자물쇠를 잡는다. 안에서 노랫소리가 들
　　린다)

우리 임마는 갈보,

날 죽여버렸네!

우리 아빠는 악당,

날 먹어버렸네!⁸¹⁾   4415

내 여동생 어리지만

나의 뼈를 주워모아

시원한 곳에 묻었단다.

난 예쁜 산새가 되어

포로룽포로룽 날아다니죠!   4420

파우스트   (자물쇠를 열면서)

저 애는 까맣게 모르고 있구나. 여기 애인

　이 귀를 기울이며

쩔렁대는 쇠사슬 소리, 바삭대는 지푸라기

　소리까지 듣고 있음을.

                                   (안으로 들어간다)

마르가레테   (그 자리에서 몸을 숨기며)

아, 이를 어쩌나! 그들이 오나 봐. 나는 참

　혹한 죽음을 당하겠구나!

파우스트   (나지막이) 조용히! 조용히! 당신을 구하러

　내가 왔소.

마르가레테   (그의 앞에 몸을 던지며) 당신도 인간이라면,

　저의 고통을 헤아려 주세요.   4425

파우스트   그렇게 소리지르면 간수가 잠에서 깨어나

---

81) 이 부분은 『그림 동화(Grimms Elfenmärchen)』에 나오는 노래를 다소
변형한 것이다.

겠소!

(쇠사슬을 잡고, 그것을 풀려고 한다)

마르가레테 (무릎을 꿇고) 누가 형리인 당신에게

절 죽일 권한을 주었나요?

한밤중에 벌써 절 끌어내는군요.

제발 불쌍히 여겨 절 살려주세요!   4430

내일 아침이라도 시간은 충분하지 않겠어요?

(일어선다)

전 아직 이렇게 젊은데, 이렇게 젊은데!

그런데도 벌써 죽어야 하다니요!

예쁘기도 했답니다. 그것이 화가 된 거지요.

다정한 분이 가까이 있었지만, 지금은 멀

리 떠나버렸어요.   4435

화관은 찢어지고 꽃들은 흩어져버렸지요.

그렇게 우악스레 절 붙잡지 말아요!

온정을 베풀어주세요. 제가 당신에게 무슨

짓을 했던가요?

제 하소연이 헛되지 않게 해주세요.

지금껏 한 번도 당신을 뵌 적이 없었잖아요!   4440

파우스트 오, 이 비참함을 참아야만 하다니!

마르가레테 이제 제 목숨은 완전히 당신 손에 달렸어요.

우선 아기에게 젖이나 먹이게 해주세요.

그 앨 밤새도록 껴안고 있었는데,

날 괴롭히려고 그들이 빼앗아 갔어요.   4445

그러곤 말하길, 제가 그 앨 죽였다는 거예요.

다시는 제 마음 즐거워질 수 없어요.

그들은 절 빈정대는 노랠 부르고 있어요!

　　나쁜 사람들이에요!

어떤 옛날 동화가 그렇게 끝나고 있지만,

누가 그걸 내 얘기인 양 풀이해 달라고 했

　　던가요?　　　　　　　　　　　　　　　4450

파우스트　(몸을 던져 엎드리면서)

사랑하는 사람이 당신 발밑에 엎드려 있소.

이 비참한 옥살이로부터 당신을 구하러 왔

　　어요.

마르가레테　(그의 옆에 꿇어앉으며)

오, 함께 무릎을 꿇고, 성자들께 호소합시다!

보세요! 이 계단 아래,

저 문지방 아래에는　　　　　　　　　　　4455

지옥이 부글거리고 있어요!

마귀가

무섭게 화를 내면서

요란스레 날뛰고 있어요!

파우스트　(큰 소리로) 그레트헨! 그레트헨!　　　4460

마르가레테　(귀를 기울이며) 이건 그분의 음성이야!

(벌떡 일어난다. 쇠사슬이 떨어진다)

어디 계실까? 그이가 부르는 소리를 들었

　　는데.

나는 살았다! 아무도 그일 막지 못할 거야.

그이의 목을 얼싸안고,

그이의 가슴에 안기고 싶어! 4465

그레트헨! 하고 부르셨어. 그분은 문지방

　위에 서 계셨지.

지옥이 울부짖고 으르렁대는 가운데

성난 마귀들이 조롱하는 가운데

난 그이의 달콤하고 정다운 목소리를 들을

　수 있었어.

파우스트 그게 바로 나요!

마르가레테 　　　　　당신이군요! 오, 다시 한번만

말해주세요! 4470

(그를 붙잡으며)

그이야! 그이! 모든 괴로움이 어디로 가버

　렸지?

감옥의 공포, 쇠사슬의 공포는 어디로 갔

　을까?

당신이군요! 절 구하러 오셨군요!

이제 전 살았어요! ―

벌써 그 거리가 다시 보이는군요. 4475

당신을 처음 만났던 거리 말이에요.

마르테 아주머니랑 당신을 기다리던

그 멋진 정원도 보이고요.

파우스트 (데리고 나가려 하면서)

프리드리히 아우구스트 모리츠 레츠시,
감옥에서 만나는 파우스트와 마르가레테

　　　　　자, 함께 갑시다! 함께 갑시다!

마르가레테　　　　　　　　　　　　　오, 잠깐만!

전 당신이 계신 곳에 있고 싶어요. (그를 애

무한다)　　　　　　　　　　　　　　　　4480

파우스트　서둘러요!

서둘지 않으면

우린 곧 봉변을 당하게 될 거요.

마르가레테　어째서죠? 당신은 키스할 줄도 모르시나요?

잠시 떨어져 있었다고　　　　　　　　4485

키스까지도 잊으셨나요?

당신 목을 끌어안고 있는데도 왜 이리 불

안할까요?

전에는 당신의 말씀, 당신의 눈길 한 번에도

온 하늘이 내려와 절 감싸주었는데,

당신의 키스만 받아도 숨이 막힐 것 같았

는데요.　　　　　　　　　　　　　　　4490

키스해 주세요!

아니면 제가 키스해 드리겠어요!

　　　　　　　　　(파우스트를 얼싸안는다)

어머나! 당신의 입술이 싸늘하군요.

말씀도 없으시고.

당신의 사랑은　　　　　　　　　　　　4495

어디로 가버렸나요?

누가 내 사랑을 뺏어갔나요?

（그에게서 몸을 돌린다）

파우스트 어서 와요! 날 따라와요! 제발 용기를 내요!

천 배나 뜨거운 정열로 당신을 안아주겠소.

날 따라오기만 해요! 제발 부탁이오!   4500

마르가레테 （그에게 몸을 돌리며） 정말 당신인가요? 틀

림없는 당신인가요?

파우스트 정말 나요! 그러니 함께 갑시다!

마르가레테   당신은 사슬

을 풀어주시고,

절 다시 품 안에 안아주시는군요.

절 꺼려하지 않으시다니, 웬일이지요?—

이보세요, 대체 누굴 구하고 계신 건지 알

기나 하세요?   4505

파우스트 자, 갑시다! 벌써 날이 새고 있단 말이오.

마르가레테 전 어머니를 죽였고,

우리 아기를 물속에 빠뜨렸어요.

그 애는 당신과 제게 내린 선물이 아니었

던가요?

당신에게도 말예요. 정말 당신인가요? 전

믿을 수가 없어요.   4510

당신의 손을 주세요! 꿈은 아니군요!

사랑스러운 당신의 손!—아, 그런데 왜 이

리 축축하지요?

어서 닦으세요! 거기 묻은 건

294

피같이 느껴져요.

오, 맙소사! 무슨 짓을 저질렀나요! 4515

그 칼을 집어넣으세요.

제발 부탁이에요!

파우스트 지난 일은 지나간 걸로 해둡시다.

그 말을 들으니 죽고 싶구려.

마르가레테 아녜요. 당신은 살아남아야 해요! 4520

당신에게 무덤 자리를 일러드리겠어요.

내일이라도 곧

살펴봐 주셔야 해요.

어머니를 제일 좋은 자리에 모시고,

바로 옆에 오라버니를, 4525

좀 떨어진 곳에 저를 묻어주세요.

하지만 너무 떨어져서는 안 돼요!

아기는 제 오른편 가슴 쪽이에요.

그 밖엔 제 곁에 아무도 묻어선 안 돼요!

당신 곁에 꼭 붙어 다니던 일이 4530

제겐 감미롭고 아름다웠던 행복이었어요!

그런 일이 다시는 이루어질 수 없겠지요.

어쩐지 제가 당신에게 억지를 부리는 것
　　같고,

당신도 절 밀어내는 것만 같아요.

하지만 틀림없는 당신이군요. 여전히 다정
　　하고 경건한 눈빛으로 바라보시는군요. 4535

파우스트   내가 틀림없다는 걸 알았다면 어서 갑시다.

마르가레테   저 밖으로요?

파우스트   밖으로.

마르가레테   밖에 무덤이 있다면,

죽음이 절 기다리고 있다면, 가겠어요!

하지만 여기에서 영원히 잠자리에 들겠어요.   4540

한 발도 움직일 수 없어요ㅡ

당신은 이제 떠나시나요? 오, 하인리히, 함

께 갈 수만 있다면!

파우스트   갈 수 있고말고! 마음만 먹으면! 문은 열려

있소.

마르가레테   전 가서는 안 돼요. 제겐 아무 희망도 없는

걸요.

도망간들 무슨 소용이 있겠어요? 그들이

절 노리고 있을 텐데요.   4545

구걸한다는 건 정말 비참한 일이에요.

게다가 양심의 가책은 어떡하고요!

낯선 고장을 떠돌아다니는 건 또 얼마나

비참한 일인가요.

결국 그들이 절 붙잡고 말 텐데!

파우스트   내가 당신 곁에 있겠소.   4550

마르가레테   빨리 가세요! 빨리 가세요!

당신의 불쌍한 아기를 구해주세요.

떠나세요! 시냇물을 따라

줄곧 위쪽으로 올라가세요.

징검다리를 건너 4555

숲으로 들어가면,

왼편에 널빤지가 세워져 있을 거예요.

거기 연못 속이에요.

어서 그 애를 붙잡아요!

위로 떠오르려고 4560

아직도 허우적거리고 있어요!

구해주세요! 구해주세요!

파우스트 제발 정신 좀 차려요!

한 걸음만 나가면 자유롭단 말이오!

마르가레테 이 산만 지나쳤으면! 4565

저 바위 위에 어머니께서 앉아

섬뜩하게 제 머리채를 낚아채시는군요!

저 바위 위에 어머니께서 앉아

머리를 흔들거리고 계세요.

눈짓도 고갯짓도 안 하시는 게, 머리가 무

척 무거우신가 봐요. 4570

너무 오래 주무셔서 깨어나질 못하세요.

우리가 재미 보도록 주무시고 계셨던 거

예요.

그땐 참 행복한 시절이었는데!

파우스트 간청해도 소용없고, 말을 해도 소용없으니

당신을 안고라도 나가야겠소. 4575

마르가레테	절 놔두세요. 안 돼요. 억지로 그러시는 건
	싫어요!
	사람을 죽일 듯이 절 붙잡지 마세요!
	다른 일은 모두 기꺼이 해드렸지요.
파우스트	날이 새는구려! 내 사랑, 제발!
마르가레테	날이 샌다고요? 정말이네요! 마지막 날이

4580

다가오는군요.

제 혼인날이 될 거예요!

그레트헨 옆에 있었다고 아무에게도 말하

시면 안 돼요.

화관이 망가져서 어쩌죠?

저질러진 일이니 어쩔 수 없군요.

우린 다시 만날 거예요.　　　　　　4585

하지만 춤추는 곳에선 싫어요.

사람들이 몰려와요. 소리는 들리지 않지만

광장에도 골목에도

입추의 여지가 없어요.

종이 울리고, 막대기가 부러져요.[82]　　4590

그들이 나를 꽁꽁 묶어놓는군요!

전 벌써 처형대까지 끌려왔어요.

제 목에 느끼는 섬뜩함을

모두들 자기 목에서 느끼나 봐요.

---

82) 처형하기 전에 죄수의 머리 위에서 하얀 막대기를 부러뜨렸다고 한다.

	세상은 무덤처럼 고요하군요!	4595
파우스트	오, 나 차라리 태어나질 말았더라면!	
메피스토펠레스	(문밖에 나타난다)	
	서둘러요! 그렇지 않으면 당신들은 끝장이오.	
	왜 쓸데없이 망설이는 거요! 우물쭈물 지	
	껄이기만 하는 거요!	
	내 말들이 떨고 있어요.	
	아침이 밝아온단 말이오.	4600
마르가레테	땅바닥에서 솟아나온 게 무언가요?	
	저자예요! 저자! 저 사람을 쫓아버리세요!	
	이 성스러운 곳에서 무얼 하겠다는 걸까요?	
	절 잡아가려나 봐요!	
파우스트	당신은 살아야 해!	
마르가레테	하느님, 심판해 주소서! 당신의 손에 맡기	
	나이다!	4605
메피스토펠레스	(파우스트에게) 갑시다! 가요! 아니면 그 계	
	집과 함께 내버려두겠소.	
마르가레테	저는 당신의 것입니다, 아버지시여! 절 구	
	원하소서!	
	천사들이여! 그대들 성스러운 무리여.	
	절 에워싸고 지켜주소서!	
	하인리히! 전 당신이 무서워요.	4610
메피스토펠레스	그녀는 심판받았소!	
목소리	(위로부터) 구원받았노라!	

메피스토펠레스 (파우스트에게) 내게로 오시오!

(파우스트와 함께 사라진다)

목소리 (안으로부터, 점점 스러지면서) 하인리히! 하인

리히!

세계문학전집 **21**

파우스트 1

1판 1쇄 펴냄 1999년 3월 15일
1판 82쇄 펴냄 2024년 12월 16일

지은이 요한 볼프강 폰 괴테
옮긴이 정서웅
발행인 박근섭, 박상준
펴낸곳 (주)민음사

출판등록 1966. 5. 19. (제 16-490호)
서울특별시 강남구 도산대로1길 62(신사동) 강남출판문화센터 5층 (우편번호 06027)
대표전화 02-515-2000 팩시밀리 02-515-2007
www.minumsa.com

© 정은영, 1999. Printed in Seoul, Korea

ISBN 978-89-374-6021-0 04800
ISBN 978-89-374-6000-5 (세트)

세계문학전집 목록

세계문학전집은 계속 간행됩니다.